Nicolette Verstege

Küsse niemals deinen besten Freund

Auflage 1 | Juli 2015

Foto: © pashyksv - fotolia.com

Covergestaltung: Nicolette Verstege

Korrektur: Jeannette Runge

Herstellung und Druck:

Siehe Eindruck auf der letzten Seite

Sämtliche Personen und Handlungen dieser Geschichte sind frei erfunden und Ähnlichkeiten daher nur zufällig.

ISBN-13: 978-1514652657

Inhalt

Samantha ist Single und eigentlich ganz glücklich damit. Anders ihr Bruder Timo. Der predigt ihr dauernd, dass sie einen Mann an ihrer Seite braucht. Damit er endlich Ruhe gibt, erfindet sie eine Beziehung. Da Timo in London lebt, fällt ihre Notlüge nicht auf. Bis zu dem Tag, an dem Timo anruft und sie damit überrascht, dass er in die USA zurückgekehrt ist. Er lädt seine Schwester samt ihrem Freund Cody für zwei Wochen zu sich ein. Jetzt steckt Sam in der Zwickmühle, denn Cody ist ihr Mitbewohner und bester Freund. Der fällt aus allen Wolken, als sie ihm die Notlüge beichtet. Zwar ist er wenig begeistert, aber die beste Freundin lässt man nicht hängen, also stimmt er zu, Sam zu begleiten, und das Chaos nimmt seinen Lauf …

Ankunft

»Sam, was hat dich bloß geritten? Wie kommst du auf diese blöde Idee? Ich fasse es nicht«, schnaubte Cody und warf seiner besten Freundin Samantha einen wütenden Blick zu, die neben ihm auf dem Beifahrersitz saß.

»Pass auf! Schau auf die Straße! Sonst landen wir gleich noch im Graben. Reg dich nicht so auf. So schlimm ist es doch nicht. Was ist schon dabei?« Sam wusste nicht, was mit ihrem Kumpel los war. So empfindlich kannte sie ihn gar nicht.

»Was dabei ist? Wir müssen zwei Wochen ein Paar spielen und ehrlich gesagt, hatte ich mir meinen Urlaub anders vorgestellt!«

»Na und? Wir werden oft genug für ein Paar gehalten, wenn wir zusammen unterwegs sind. Warum ist das so ein Problem für dich?«

»Warum müssen wir ausgerechnet einen auf Pärchen machen?« Cody war mehr als verärgert gewesen, als Sam ihn praktisch vor vollendete Tatsachen gestellt hatte.

»Das habe ich dir doch erklärt. Wir besuchen meinen Bruder und seinen Freund. Timo will dich endlich kennenlernen und er will mir Peer vorstellen.« Innerlich seufzte Sam. Sie saß mittendrin im Schlamassel, weil sie ihrem Bruder ja unbedingt von ihrer tollen Beziehung vorschwärmen musste. Dummerweise existierte diese gar nicht. Sie war erfunden, damit Timo endlich Ruhe gab. Der nervte sie schon seit Jahren damit, dass sie sich einen Mann suchen sollte. Ihre Eltern waren vor fünfzehn Jahren bei einem Unfall ums Leben gekommen. Sie war damals sechzehn gewesen und Timo dreiundzwanzig. Er hatte das Sorgerecht für sie bekommen und sich rührend um sie gekümmert. Vor fünf Jahren war er dann beruflich nach London gezogen. Wenn auch schweren Herzens, weil er so kein Auge mehr auf sie haben konnte. Ihr Lotterleben, wie er es nannte, war ihm immer ein Dorn im Auge. Er sähe sie gerne dauerhaft an der Seite eines Partners, nur fehlte ihr noch der richtige Mann dazu. Obwohl, im Prinzip gab es da schon jemanden. Nämlich Cody. Der Haken an der Sache war, der hielt nicht viel von Beziehungen und führte ein recht lockeres Leben.

Vor drei Jahren war sie auf der Suche nach einem Mitbewohner gewesen und hatte ihn so kennengelernt. Da sie sich auf Anhieb gut verstanden, war er kurz danach bei ihr eingezogen. Im Laufe der Zeit wurden sie die besten Freunde. Wenn sie eines wusste, dann, dass man sich nicht in seinen besten Kumpel verliebte. Dumm nur, dass es ihr trotzdem passiert war. Cody war ihr Traummann und so hatte sie einfach bei Timo behauptet, sie wäre mit ihm zusammen. Ihr Bruder war zufrieden und es könnte alles so schön sein, wenn da nicht Timos Anruf gewesen wäre.

Timo hatte den Mann fürs Leben in London gefunden, was sie wunderbar fand. Dumm nur, dass Peer ebenfalls Amerikaner war und beide unter Heimweh litten. Die Entscheidung, in die USA zurückzukehren war schnell zwischen ihnen gefallen. Nach der Rückkehr kam Timos freudiger Anruf, dass er wieder in Amerika lebte. Nun wollte er natürlich ihren Freund kennenlernen. Darum saß sie nun mit einem schlecht gelaunten Cody im Wagen, der alles andere als angetan war, von der Vorstellung, mit ihr ein glückliches Paar zu mimen. Trotzdem tat er es, weil man seine beste Freundin nicht hängen ließ und sie war ihm mehr als dankbar.

»Mh«, machte Cody nur. Sam konnte sich nicht erklären, warum er sich so dagegen wehrte.

Was sie nicht wusste, war – schon seit einiger Zeit hegte er Gefühle für Sam, die weit über das Kumpelhafte hinausgingen. Er konnte nicht genau sagen, wann es angefangen hatte, aber es lag schon einige Monate zurück. Anfangs versuchte er, sich einzureden, dass da nichts wäre und die Gefühle ignoriert. Eine Zeit lang funktionierte dieser Trick sogar. Sam war seine beste Freundin und das sollte auch so bleiben. Mit ihr konnte er lachen, Spaß haben und einfach nur abhängen. Außerdem wusste sie über seinen Verschleiß an Frauen genau Bescheid. Nie und nimmer würde sie mit ihm etwas anfangen wollen. Schließlich bezeichnete sie ihn oft genug als Frauenheld.

Cody wollte ihre Freundschaft auf keinen Fall gefährden. Deshalb verbannte er das Gefühl in die hinterste Ecke seines Gehirns, mit der Hoffnung, dass es mit der Zeit wieder verschwinden würde. Es war bei der Hoffnung geblieben. Die Gefühle waren im Gegensatz immer stärker geworden. Die Erkenntnis, dass er sich in Sam verliebt hatte, war ein Schlag für ihn gewesen. Er spürte zum ersten Mal, wie weh Liebe tun konnte, wenn sie einseitig war.

Er sehnte sich nach Sam. Er wollte nichts sehnlicher als sie in den Arm nehmen und endlich diese Lippen küssen. Manchmal befürchtete er auszuflippen, weil er einfach nicht wusste, wohin mit seinen Gefühlen.

Seit einigen Wochen hatte er den Frauen komplett entsagt. Er wollte keinen oberflächlichen Sex mehr mit einer Frau haben, die er kaum kannte. Hatte er doch dabei das Gefühl, Sam zu betrügen. Deshalb lebte er seitdem enthaltsam. Er war nur froh, dass es Sam anscheinend noch nicht aufgefallen war. Was hätte er ihr auch sagen sollen?

Als ob dieses Gefühlschaos nicht schon genug wäre, sollte er nun auch noch ein Paar mit ihr spielen. Nach Sams

Eröffnung waren ihm die Gesichtszüge entgleist, was sie natürlich völlig falsch interpretiert hatte. Wie, zum Teufel, sollte sie auch wissen, was sie ihm damit zumutete? Ihr lapidarer Kommentar zu dieser Sache war: »So schlimm wird es schon nicht werden.«

Wenn sie wüsste! Cody freute sich einerseits darauf, ihr näher zu kommen, aber die ganze Sache hinterließ einen bitteren Beigeschmack. Ihre Gefühle wären ja nur gespielt und dies machte ihm schwer zu schaffen. Konnte er nach dieser Aktion einfach wieder zur Tagesordnung übergehen? Oh Gott, er war total durcheinander deswegen.

»Sehr vielsagend«, meinte Sam mit einem Lächeln, aber sie konnte ihn verstehen. Ihr war auch etwas mulmig bei der Vorstellung, zwei Wochen Theater spielen zu müssen, aber sie war sich sicher, dass sie beide das meistern würden.

Wie gut, dass Cody nicht ahnte, dass sie schon länger in ihn verliebt war. Es war die perfekte Gelegenheit ihm näher zu kommen, ohne dass er Verdacht schöpfte. Sie waren auf dem Weg zu Timo und Peer und sie freute sich auf die zwei Wochen mit Cody. Sam musste ein seliges Seufzen unterdrücken.

»Wie hieß die Straße noch mal?«, riss Cody sie aus ihren Träumereien.

»Was?«

»Wie die Straße heißt, wollte ich wissen. Wo bist du denn mit deinen Gedanken?«

»Ich war gerade abwesend, die Siedlung liegt an der Truestreet.« Sam betrachtete Cody verstohlen aus dem Augenwinkel. Wieder einmal stellte sie fest, wie heiß er aussah. Ein absoluter Frauenschwarm.

Sam hatte viele Nächte vor Eifersucht wachgelegen und sich mit dem Gedanken gequält, was Cody gerade trieb. Oftmals kam er nicht nach Hause, wenn er wieder mal eine Frau aufgerissen hatte und sie hätte vor Neid auf die ihr unbekannten Frauen am liebsten ins Kopfkissen gebissen.

»Sieh mal Sam, wir sind da. Sieht ja piekfein aus.« Cody hörte sich richtig begeistert an, fand Sam. Ein Swimmingpool gehörte auch zum Haus. Diesen Trumpf wollte sie aber als Letztes ausspielen, falls Cody doch noch einen Rückzieher machte.

Am Eingang der Siedlung mussten sie kurz anhalten und sich beim Pförtner anmelden, der ihre Gastgeber telefonisch von ihrer Ankunft informierte. Langsam lenkte Cody den Wagen durch die gepflegten Straßen.

»Ich glaube, hier kann ich es aushalten«, sagte Cody breit grinsend.

»Richtig idyllisch ist es hier.«

»Da kann ich auch darüber hinwegsehen, dass wir solange ein Paar spielen müssen«, redete er weiter und wusste nicht, welch einen Stich er damit Sams Herz versetzte. Sie ließ sich aber nichts anmerken, schluckte nur mal kurz und meinte dann: »Da vorne. Nummer einundzwanzig, das ist es.«

Cody brachte den Wagen vor dem Haus zum Stehen. Sie stiegen aus und bestaunten das wirklich schöne Haus.

»Toller Kasten«, meinte Cody und nickte anerkennend. Wenn das Haus drinnen hielt, was es von draußen versprach, war er zufrieden.

»Ja, kann man so sagen, gefällt mir.«

»Dann lass uns reingehen, bevor ich Wurzeln schlage.«

»Auf in die Höhle des Löwen, Babe.«

»Moment, wie hast du mich gerade genannt?« Grimmig sah Cody Sam an.

»Hey, wir sind ein Paar, da sind Kosenamen ganz normal«, gab Sam gut gelaunt zurück.

Cody verdrehte die Augen. »Das fängt ja gut an, aber okay, lasset die Spiele beginnen.«

Timo und Peer

Sie strebten das Haus an und anscheinend war ihre Ankunft nicht unbemerkt geblieben. Die Tür wurde aufgerissen und zwei Männer kamen heraus.

»Sammy«, rief Timo und stürmte auf seine kleine Schwester zu.

»Timo«, quietschte Sam und lief ihrem Bruder entgegen. Der fing sie auf, drehte sich einmal im Kreis mit ihr, bevor er sie zurück auf die Füße stellte und direkt erneut an sich drückte.

»Ist das lange her. Ich bin so froh, wieder in der Heimat zu sein. Ich habe dich vermisst.«

»Ich dich auch Bruderherz.« Sam vergrub die Nase in Timos Halsbeuge. Sie war so glücklich, dass er wieder da war. In den fünf Jahren hatten sie sich nur zweimal gesehen.

Cody musste lächeln. Er gönnte es ihnen, wieder vereint zu sein. Sam hing sehr an ihrem Bruder und hatte ihn in den Jahren, die er im Ausland lebte, schmerzlich vermisst. Er machte einen sehr sympathischen Eindruck, da hatte Sam nicht übertrieben. So langsam dauerte ihm die

Begrüßungsorgie aber zu lang und er trat ungeduldig von einem Bein aufs andere. Er räusperte sich einmal kurz.

Daraufhin lösten die Geschwister die Umarmung und Sam griff nach Cody und schob ihn genau vor Timos Nase. »Das ist Cody, mein Freund«, stellte sie ihn ihrem Bruder mit einem strahlenden Lächeln vor.

Timo reichte ihm die Hand. »Freut mich, dich kennenzulernen. Sam schwärmt immer in den höchsten Tönen von dir.«

»Tut sie das?« Cody ergriff die dargebotene Hand und schielte kurz zu Sam, die aber geflissentlich wegschaute.

»Ja und wie und ich muss sagen, sie hat nicht übertrieben.« Anerkennend wanderten Timos Augen über Cody, der sich unter dem prüfenden Blick irgendwie nackt fühlte. Zum Glück wandte er sich nach einigen Sekunden ab und stellte ihnen seinen Freund vor.

»Das ist Peer, wir haben uns in London kennengelernt und er ist meine große Liebe. Und Peer, das ist meine kleine Schwester Sam.«

»Die Nervensäge?«, fragte Peer mit einem Augenzwinkern an diese gewandt.

Sam seufzte. »Ich sehe schon, du bist bestens informiert.« Timo hatte sie früher oft seine Nervensäge genannt, weil sie ständig ohne Anklopfen in sein Zimmer gerauscht war. Einmal hatte sie ihn mit seinem damaligen Freund im Bett erwischt. War ein recht knackiger Kerl gewesen. Auf Timos Anblick hätte sie aber gerne verzichtet.

»Timo plaudert gerne aus dem Nähkästchen«, antwortete Peer mit einem Schmunzeln. Er reichte erst Sam die Hand und danach Cody.

»Ist das dein Wagen?«, fragte Timo und machte einen langen Hals.

»Ja, ist er, mein Schätzchen«, antwortete Cody. Auf seinen Wagen war er besonders stolz. Er fuhr einen Chevrolet Nova, Baujahr siebzig in azurblau. Mit dem Auto erregte er oft Aufmerksamkeit. Er stand auf Klassiker.

»Ein wahres Schmuckstück.« Timos Augen glitzerten begeistert. Seine Leidenschaft für Autos teilte Peer leider nicht, aber anscheinend Sams Freund. Cody wurde ihm mit jeder Minute sympathischer. Sam hatte wirklich einen guten Fang gemacht.

»Lasst uns reingehen. Ihr seid bestimmt geschafft von der langen Autofahrt und könnt einen Kaffee vertragen«, sagte Peer schnell. Er befürchtete nämlich sonst einen langen Monolog von Timo über Autos, Motoren und Lackierungen und dabei wollte er dann wenigstens am Tisch sitzen und nicht vor der Tür stehen.

»Kaffee klingt immer gut«, stimmte Cody zu.

»Wir haben auch Kuchen. Peer ist ein Süßschnabel«, sagte Timo und schaute seinen Freund verliebt an.

»Ich liebe Kuchen.« Cody strahlte übers ganze Gesicht. Das wurde ja immer besser. Kuchen konnte er zu jeder Tageszeit verdrücken.

»Nichts Besonderes, nur Schokoladenkuchen mit Baukastensystem«, warnte Timo sie vor.

»Cody wird dir gleich zu Füßen liegen, er liebt Schokokuchen. Aber was meinst du mit Baukastensystem?«, fragte Sam verdutzt. Sie konnte sich darunter überhaupt nichts vorstellen.

»Na, so eine fertige Backmischung, wo man nur noch Eier und Butter zugibt.« Timo grinste dabei über das ganze Gesicht.

»Das ist eine wirklich nette Umschreibung.« Die beiden fielen in das Lachen mit ein.

»Setzen wir uns doch auf die Terrasse. Kaffee steht schon da, den Kuchen hole ich eben.« Timo gab Peer einen liebevollen Klaps auf den Hintern und Cody ertappte sich bei dem Gedanken, dass er dies bei Sam auch gerne machen würde. Sam hatte so einen knackigen Hintern, aber leider war er für ihn tabu. Doch in den nächsten Wochen durfte er sie ganz offiziell antatschen, ohne dafür blöd angesehen zu werden. Zumindest wenn Timo und Peer dabei waren, konnte er ihr etwas näher kommen. Dass er dies so weit wie nur möglich ausnutzen würde, stand für ihn fest. Die

Möglichkeit würde er in seinem Leben wahrscheinlich nie wieder haben.

***

Etwas später saßen die Vier auf der Terrasse und führten eine angeregte Unterhaltung. Sam hatte sich sichtlich entspannt. Es war besser angelaufen, als geplant.

»Der Kuchen ist … sehr lecker«, lobte Cody das Gebäck mit vollem Mund, was ihm sofort einen tadelnden Blick von Sam einbrachte. Zum Glück verzichtete sie auf einen sarkastischen Spruch, nicht mit vollem Mund zu sprechen. Den bekam er sonst immer zu hören. Er schluckte den Rest hinunter und sprach dann weiter: »Erzählt mal, wie hat es euch denn hierher verschlagen? Warum seid ihr nicht in Sams Nähe gezogen?«

Diese erstarrte innerlich. Musste Cody ihren Bruder jetzt noch auf dumme Gedanken bringen? Was, wenn die beiden die Idee auf einmal ganz toll fanden und wirklich in ihren Bundesstaat zogen? Das wäre eine Katastrophe. Denn dann würde alles herauskommen.

»Ist eine ganz langweilige Story. Das Haus hat Peer von seiner Oma geerbt, die vor Kurzem verstorben ist. Sie war mit dem Rest der Familie zerstritten und nur zu Peer bestand

Kontakt. Da wir beide unter Heimweh litten in London, war das die Gelegenheit zurückzukehren.«

»Sie war auch die Erste, der wir von unserer Beziehung erzählt haben. Sie hat immer zu uns gestanden, uns unterstützt und aufgebaut, als viele von meinen Verwandten und Freunden sich gegen uns gestellt haben«, erzählte Peer und seine Stimme klang traurig. »Ich habe meine Homosexualität, bis ich Timo kennengelernt habe, geheim gehalten. Niemand wusste davon und viele haben sich daraufhin von mir abgewandt.«

»Aber dann weiß man, wer die wirklichen Freunde sind«, führte Timo weiter aus. Er selbst hatte nie einen Hehl daraus gemacht und sich schon mit siebzehn geoutet.

»So sind wir dann hier in dem Haus gelandet. Meine Großmutter war sehr vermögend und ich bin ihr Alleinerbe. Wir brauchen für den Rest unseres Lebens nicht mehr arbeiten. Das Geld ist gewinnbringend angelegt.«

»Wow, nicht schlecht. Da könnt ihr euch ein schönes Leben machen«, sagte Cody und schielte nach dem letzten Stück Kuchen.

»Wir wollen viel reisen, dass wissen wir schon. Nächsten Monat starten wir zu einer sechswöchigen Kreuzfahrt«, erzählte Peer.

»Bringt mir was mit.« Sam schnappte sich das letzte Stück Kuchen vom Teller.

»Hey, das wollte ich haben.« Entrüstet schaute Cody zu ihr rüber.

»Tja, wer zuerst kommt.« Grinsend schob Sam sich eine Gabel in den Mund.

Auch das liebte Cody an ihr. Sie aß vernünftig und zählte keine Kalorien, wie viele andere Frauen es taten und dabei besaß sie eine Topfigur. Kein Klappergestell und mit Rundungen, an den Stellen, wo man sie bei einer Frau erwarten durfte.

Der Rest des Nachmittags verging wie im Flug, bis Peer plötzlich auf die Uhr schaute und entsetzt meinte: »Meine Güte, sind wir schlechte Gastgeber. Es ist schon so spät. Ihr seid bestimmt müde und wir lassen euch hier sitzen. Wir haben euch noch nicht mal euer Zimmer gezeigt.«

»Kein Stress, wir sind ja keine alten Leute.« Cody lachte und stippte seine Finger in die Kuchenkrümel auf seinem Teller.

»Peer hat recht. Ich zeige euch euer Zimmer und nachher gehen wir zusammen essen. Was haltet ihr davon? Ihr seid eingeladen. Hier gibt es ein hervorragendes Steakhaus.«

»Es wird immer besser. Erst Kuchen, dann Steak«, schwärmte Cody und erhob sich aus seinem Stuhl.

Sam musste einfach lächeln, als sie Cody beobachtete. Er war so niedlich, wenn er sich über etwas freute. Laut würde sie das allerdings niemals aussprechen. Er würde sie gleich einen Kopf kürzer für so eine Aussage machen. Sam stand ebenfalls auf und gemeinsam folgten sie Timo.

Cody nutzte die Gelegenheit und gab Sam einen kleinen Klaps auf den Po, als er hinter ihr ins Haus ging. Diese drehte sich um und lächelte. Cody fand das Lächeln schon fast zärtlich und er konnte nicht verhindern, dass sich ein breites zufriedenes Grinsen auf seinem Gesicht zeigte.

Sam lief ein wohliger Schauer über den Rücken, als sie die kurze Berührung von Cody spürte. Auch wenn sie wusste, dass es gespielt war, es fühlte sich einfach toll an. Sie griff ganz intuitiv nach Codys Hand und verschränkte ihre Finger mit seinen. Daraufhin wurde ihr ganz warm ums Herz. Sie genoss es in vollen Zügen, wusste sie doch, dass gleich, wenn die Zimmertür hinter ihnen zufiel, erst mal wieder Schluss damit war.

Cody fühlte Sams Hand, die nach seiner griff und ein unglaublich schönes Gefühl breitete sich in ihm aus. Nie hätte er für möglich gehalten, dass eine so einfache Sache, wie Händchen halten, so erregend sein konnte. Fest nahm er Sams Hand und so folgten die beiden Timo die Treppe hinauf.

»So, dass hier ist euer Reich für die nächsten zwei Wochen. Macht es euch gemütlich. Ihr habt ein eigenes Badezimmer, das könnt ihr vom Zimmer aus betreten.« Er zeigte auf eine zweite Tür. »So gegen neunzehn Uhr wollten wir ins Restaurant. Geht das in Ordnung für euch?«

»Natürlich, da haben wir genug Zeit«, meinte Sam. Ein Blick auf die Uhr bestätigte ihr dies. Ihre Taschen waren ja schnell ausgepackt.

»Dann sehen wir uns später, bis nachher.« Timo schloss die Tür und die beiden waren alleine in ihrem Zimmer.

»Holen wir eben unsere Sachen aus dem Wagen und packen aus. Danach will ich unter die Dusche«, schlug Cody vor.

Sam stimmte zu und gemeinsam machten sie sich auf den Weg zum Wagen, um ihre Koffer zu holen.

***

Eine halbe Stunde später waren die Taschen ausgepackt. Cody streckte sich ausgiebig. Das lange Sitzen machte sich doch bemerkbar. »Willst du zuerst unter die Dusche?«

»Geh du ruhig zuerst.«

»Okay.« Cody knöpfte sich das Hemd auf, zog sein Shirt über den Kopf und warf beides auf einen Stuhl. Danach öffnete er seine Hose und schälte sich langsam heraus.

Sam beobachtete Cody dabei und fühlte, wie ihr mehr als nur warm wurde. Ob er das mit Absicht machte? Nein, garantiert nicht. Schließlich wusste der nichts von ihren

Gefühlen und sie hatten sich schon öfters gegenseitig nackt gesehen. Wenn man sich eine Wohnung teilte, blieb das nicht aus.

Sie sah die Jeans fallen, und ihre Blicke blieben an Codys Boxershorts hängen. Ob er sie jetzt auch noch auszog? Sie schluckte, ihr Mund wurde ganz trocken. Die Socken folgten, dann drehte sich Cody Richtung Badezimmertür und verschwand hinter dieser. Er ließ eine komplett konfuse Sam zurück.

»Oh Mann«, stöhnte Sam leise und ließ sich auf das breite Doppelbett fallen. Sie überlegte gerade, ob die Idee, hier zwei Wochen zu verbringen, wirklich so gut war. Das schien schwieriger zu werden, als gedacht.

Cody stand währenddessen unter dem warmen Wasserstrahl und genoss die Dusche. Er wusste noch nicht, was die Zeit hier bringen würde, aber es gefiel ihm bis jetzt schon sehr gut. Sams Hintern fühlte sich gut an, auch wenn er nur kurz draufgeklapst hatte. Das Gefühl, als er mit Sammy Händchen haltend die Treppe raufgegangen war, konnte er einfach nur mit Glück pur beschreiben. Er würde so gerne mehr als nur Sams Hand halten und hoffentlich bekam er bald Gelegenheit dazu. Wollte er sie doch endlich einmal küssen und ihre Lippen spüren. Das Verlangen danach wurde immer größer und alleine die Vorstellung davon, bewirkte, dass er langsam hart wurde. Er seufzte, was würde er dafür geben, jetzt mit Sam zusammen unter der Dusche zu stehen. Aber das würde wohl auf ewig ein Traum bleiben. So musste er sich mit seiner Hand und Kopfkino begnügen.

***

Sam hatte sich inzwischen wieder beruhigt und die Augen geschlossen um sich ein wenig auszuruhen. Allerdings währte die Ruhe nicht lange. Aus dem Badezimmer hörte sie eindeutige Geräusche. Sie setzte sich im Bett auf und spitzte die Ohren. Ja, eindeutig. Cody holte sich einen runter. Die Vorstellung machte sie einerseits an und anderseits stimmte sie es auch traurig. Wahrscheinlich dachte er dabei an irgendeine heiße Schnitte. Seufzend ließ sie sich zurückfallen. Was würde sie dafür geben, wenn Cody dabei an sie denken würde.

Das Spiel beginnt

»Fertig, Sammy?«

»Ja, lass uns runtergehen.« Als Sam eben aus der Dusche gekommen war, hatte sie Cody schlafend auf dem Bett vorgefunden und sich, da sie auch müde war, dazugelegt. Eigentlich wollte sie nur ein bisschen dösen, aber dann war sie doch fest eingeschlafen. Beim Aufwachen hatte sie entsetzt feststellen müssen, dass es schon kurz vor sieben Uhr war. Sie hatte Cody geweckt und sich in Blitzgeschwindigkeit fertiggemacht.

»Okay, auf zum Futtertrog.« Cody rieb sich erwartungsvoll die Hände. Ihm knurrte inzwischen gehörig der Magen.

»Sag mal, hast du dir überlegt, wie wir das jetzt handhaben?«

»Was meinst du?«

»Na ja, die beiden denken ja, dass wir ein Paar sind. Wie verhalten wir uns?« Sam schaute fragend und ihr Herz klopfte vor Aufregung schneller als gewöhnlich. Sie würde Cody auf jeden Fall einen Kuss vorschlagen, wenn der es nicht von sich aus tat.

»Gute Frage. Wir sollten vielleicht wieder Händchen halten, so wie eben?« Cody zog die Schultern fragend nach oben.

»Sollen … ich meine … sollten …«

»Spuck es schon aus.« Cody seufzte innerlich. Anscheinend war Sam nicht besonders scharf auf das, was sie vorschlagen wollte.

»Küssen wir uns auch?«, sprudelte es aus Sam heraus und sie wurde ein wenig rot um die Nase.

»Müssen wir wohl, oder?«

»Ja … ja, denke ich auch. Das muss wohl sein, damit es glaubhaft wirkt.« Sam fühlte sich schrecklich. Cody schien es ja davor zu grausen, sie zu küssen. Klasse, was hatte sie sich da bloß eingebrockt? Man sollte wohl niemals seinen besten Freund küssen. Aber daran war jetzt nichts mehr zu ändern und sie musste da durch, ob sie wollte oder nicht.

»Okay, dann lass uns nach unten gehen. Ich sterbe vor Hunger«, sagte Cody und verschwand auf den Flur. Er war mehr als nur erfreut von Sams Vorschlag, hatte es sich allerdings nicht anmerken lassen. Es hätte wahrscheinlich komisch ausgesehen, wenn er wie ein Honigkuchenpferd gegrinst hätte. Innerlich frohlockte er. Das lief wirklich besser als erwartet. Gleich würde er Sam zum ersten Mal küssen und alleine der Gedanke brachte sein Herz mächtig zum Klopfen. Regelrecht nervös war er und dass, wo er noch nie Probleme damit hatte, eine Frau anzusprechen oder mit ihr zu flirten. Allerdings war er noch nie so dermaßen verschossen gewesen. Seine Beziehungen waren nie von langer Dauer, was wohl daran lag, dass er noch nie richtig verliebt war. Bis er Sam kennen - und später lieben gelernt hatte. Dies war die Chance seines Lebens und er durfte es nicht vermasseln. Was nach dem Urlaub sein würde, darüber machte er sich erst mal keine Gedanken. Nur das Hier und Jetzt zählte im Moment.

Sam folgte Cody die Treppe hinunter und musterte ihn eingehend. Er trug ein schlichtes schwarzes Hemd, dazu eine hellblaue ausgewaschene Jeans, die seinen knackigen Hintern betonte. Ihr Blick wurde davon wie magisch angezogen. Wie gut, das Cody hinten keine Augen hatte.

»Da sind wir«, rief Cody gut gelaunt, als er im Erdgeschoss ankam. Ihre Gastgeber standen am Treppenabsatz und schienen auf sie gewartet zu haben.

»Dann kann es ja losgehen. Habt ihr euch ausgeruht?«, fragte Timo.

»Nach dem Duschen sind wir eingeschlafen. Wir waren wohl müder als gedacht.« Sam stellte sich neben Cody.

»Duschen kann auch anstrengend sein«, sagte Peer und kicherte.

»Ach Schatz, plauder doch nicht immer aus dem Nähkästchen«, antwortete Timo lachend und gab seinem Partner einen Kuss.

Cody beneidete die beiden. Anscheinend waren sie auch unter der Dusche gewesen, aber gemeinsam. Wie gern hätte er Sam eben bei sich gehabt.

»Habt ihr auch geduscht?«, fragte Sam. Sie hatte nicht richtig zugehört, denn gedanklich klebte sie noch an Codys Hinterteil.

»Sammy ist wohl noch nicht ganz wach. Hey, das haben sie doch mehr oder minder gesagt. Wo bist du denn mit deinen Gedanken?«

»Sorry, hab nicht zugehört«, murmelte Sam und um davon abzulenken, streckte sie sich zu Cody hoch, der sie um fast zwanzig Zentimeter überragte, und küsste ihn zart auf den Mund. Sofort fühlte sie sich wie unter Strom. Ein Kribbeln überzog ihren Körper und sie bekam eine Gänsehaut. Das war besser, als sie es sich in ihren Träumen ausgemalt hatte.

Cody hatte es nicht kommen sehen. Sams Kuss war so plötzlich und unerwartet gekommen und seine Gefühle fuhren sofort Achterbahn. Ihre Lippen zu spüren, war ein unbeschreibliches Gefühl. Leider war der Moment viel zu schnell vorbei. Sie hatte ihren Kopf schon längst zurückgezogen, aber er stand immer noch wie festgenagelt an derselben Stelle und rührte sich nicht.

Sam deutete Codys Gesichtsausdruck völlig falsch. Seine stocksteife Körperhaltung war für sie eindeutig. Er war nicht erbaut von der kleinen Kusseinlage. War sie wirklich so unattraktiv? Am liebsten würde sie auf der Stelle losheulen und es kostete sie enorme Anstrengung, normal zu reagieren. »Wer schläft hier noch? Wohl eher du«, versuchte sie zu scherzen und war überrascht, dass ihre Stimme nicht gepresst klang.

»Ich war nur so überwältigt von dir«, sagte Cody und grinste sie über das ganze Gesicht an. Wie gut, dass Sam nicht Gedanken lesen konnte.

»Wollen wir dann mal los? Noch jemand Hunger?«, fragte Peer und lachte.

»Mein Magen hängt schon in den Kniekehlen.« Cody rieb sich den Bauch.

»Wann hängt er da mal nicht?«, fragte Sam. Cody konnte immer und überall essen. Trotzdem schaffte er es mühelos seine Figur zu halten und das ohne Fitnessstudio. Die Gene hatten es gut mit ihm gemeint und das reichte ihm. Auf ein Sixpack legte er keinen Wert. Das war auch eine Sache, die ihr gut an ihm gefiel. Er war nicht diesem Körperkult verfallen, sondern ein ganz normaler Mann und ein äußerst Attraktiver dazu.

»Hey, ich habe nur einen gesunden Appetit.«

»Fresssack.«

»Gar nicht.«

»Soll ich mal aufzählen, was du im Auto auf dem Weg hierhin, alles verschlungen hast?«, konterte Sam und alle fingen an zu lachen. Das war auch etwas, was Sam so liebte. Ihre kleinen verbalen Attacken. Verdammt, warum liebte sie Cody nur so sehr? Der Kuss hatte sie total aus der Bahn geworfen, aber Codys Reaktion schmerzte sie.

Sie liefen das kurze Stück zum Steakhaus zu Fuß, denn das Restaurant war nur fünfzehn Gehminuten entfernt und lag am Rand der Wohnsiedlung. Dort gab es eine Post, einen kleinen Supermarkt, eine Pizzeria und sogar einen Allgemeinarzt.

Peer und Timo verzichteten in der Öffentlichkeit meistens auf Zärtlichkeiten, da die Leute hier leider etwas abweisend darauf reagierten. Sie hofften aber, dass sie mit der Zeit hier Freunde finden und besser akzeptiert würden. Ihre unmittelbaren Nachbarn waren wohl auch ganz nett und wussten von ihrer Homosexualität, aber es waren halt nur Nachbarn und keine Freunde. Das Durchschnittsalter in der Siedlung lag bei fünfzig. Es gab viele Rentner, aber in letzter Zeit zogen auch immer wieder junge Leute dazu. Sie hofften einfach das Beste.

Deshalb verzichteten Cody und Sam ebenfalls auf Körperkontakt während des Weges. Cody bedauerte dies sehr. Wie gerne wäre er mit Sam Hand in Hand durch die Straßen gegangen, aber auf Rücksicht auf ihre Gastgeber hatten sie es unterlassen.

Etwas später saßen sie im Restaurant und bekamen ihre Getränke serviert. Alle hatten sich für Bier entschieden, es musste ja keiner mehr fahren.

»Auf die nächsten zwei Wochen«, sagte Peer und nahm sein Glas. Die anderen taten es ihm gleich und sie tranken von dem gut gekühlten Bier.

»Das zischt«, sagte Cody zufrieden und stellte sein Glas zurück.

»Schmeckt prima und an einem so warmen Tag gleich doppelt gut«, stimmte Peer ihm zu.

Sam schaute zu Cody und schluckte. Er hatte einen Schaumschnurrbart vom Bier an der Oberlippe. Ehe sie darüber nachdenken konnte, war ihre Hand schon an dessen Mund und wischte ihm den Schaum von der Lippe. Sie spürte, wie er sich versteifte, genau wie eben bei dem Kuss. Verdammt! Warum konnte sie ihre Finger nicht bei sich halten? Am liebsten würde sie sich jetzt selbst ohrfeigen.

»So … sorry, aber du hattest da … etwas Schaum«, stotterte Sam und zog schnell die Hand zurück.

»Schon okay Sammy, ich war nur nicht darauf vorbereitet. Ich meine … ich hab es nicht gemerkt, also den … Schaum.« Cody konnte kaum den Satz an einem Stück rausbringen. Jede Berührung von Sam löste einen wohligen Schauer in ihm aus und er musste sich zusammenreißen, um Sam nicht an sich zu ziehen und sie so zu küssen, wie er sich das schon seit Monaten ausmalte. Die Sehnsucht wurde mit jedem Körperkontakt größer.

»Ihr seid ja süß miteinander«, sagte Timo und sah die beiden vor seinem inneren Auge schon vor dem Traualtar stehen. Cody war ein toller Mann und die beiden passten richtig gut zusammen. Er sah gut aus, hatte Humor und das Wichtigste, er würde Sam auf Händen tragen. Wie verliebt er sie eben angesehen hatte, als Sam mit ihrer Nase in der Speisekarte hing. Da konnte man fast neidisch werden. Er freute sich für die beiden.

Peer nickte bestätigend. »Richtig niedlich, so schüchtern.«

Sam und Cody waren erleichtert, dass ihr Gestammel als Schüchternheit angesehen wurde. Das war ihnen nur recht, so mussten sie sich keine Ausrede einfallen lassen. Sam überdachte noch mal Codys Worte. Was hatte er gemeint, als er sagte, er war nicht darauf vorbereitet? Sollte sie ihn etwa jedes Mal vorwarnen, bevor sie ihn berührte? Fand Cody ihre Berührungen wirklich so widerlich, dass er sich darauf vorbereiten musste? Der Gedanke schmerzte Sam mehr als alles, was sie in ihrem Leben erfahren hatte. Aber es machte Sinn, warum sollte Cody sich sonst immer so versteifen, wenn sie ihn anfasste? Energisch schüttelte sie den Gedanken ab, sonst würde sie hier gleich am Tisch noch anfangen zu heulen und das ging auf gar keinen Fall.

Sie zwang sich zu einem Lächeln und beteiligte sich an dem Gespräch, dass inzwischen am Tisch von den anderen geführt wurde. Ihre Gedanken schweiften immer wieder zu Codys Reaktion auf ihre zärtlichen Gesten. Es machte sie unsagbar traurig, aber sie konnte es Cody noch nicht mal verdenken. Sie hatte ihn schließlich vor vollendete Tatsachen in dieser Angelegenheit gestellt. Jetzt musste sie es ausbaden und mit den Konsequenzen klarkommen.

Die erste Nacht

»Gute Nacht und schlaft gut«, sagte Timo, als sie sich vor Sams und Codys Zimmertür trennten.

»Ja, ihr auch. Es ist spät geworden«, meinte Sam.

»Wir waren ja auch die Letzten. Es hätte nicht viel gefehlt und sie hätten uns mit dem Besen rausgekehrt«, sagte Peer und streckte sich anschließend.

»Komm du müder Krieger, lass uns schlafen gehen.« Timo legte den Arm um seinen Freund und die beiden zogen kichernd weiter zu ihrem Zimmer.

»Muss Liebe schön sein«, kommentierte Cody den Abgang und betrat als Erster ihr Zimmer. Als Antwort bekam er nur ein Seufzen von Sam, die die Tür hinter ihnen schloss.

»Was ist los? Das hört sich ja so sehnsüchtig an. Träumst du heimlich von einer Beziehung?«

»Was? Nein, ich bin nur müde«, wiegelte Sam schnell ab. Sie träumte von einer Beziehung zu Cody, aber das konnte sie ihm schlecht sagen. Sie hatte ja immer lauthals verkündet, dass ein fester Freund nur Ärger brachte und sie für einen Mann niemals ihr freies Leben aufgeben würde. Cody hielt es ähnlich, deshalb funktionierte ihre Wohngemeinschaft auch so gut. Niemals durfte er erfahren, dass sie in ihn verliebt war. Er würde wahrscheinlich aus der gemeinsamen Wohnung ausziehen und sie würde ihn ganz verlieren. Das war das schlimmste Szenario für sie und deshalb behielt sie ihre Gefühle für sich.

»Dann lass uns schlafen, sonst penne ich noch im Stehen ein. Ich bin hundemüde.« Innerlich seufzte Cody. Was hatte er auch erwartet? Sam war ihm da sehr ähnlich. Bloß an niemanden binden und nur lockere Beziehungen führen. Sobald eine Frau begann zu klammern, hatte er den Schlussstrich gezogen. Sam hielt es genauso. Warum war er dann so enttäuscht? Die Antwort war einfach. Weil er in Sam verschossen war. Lange Zeit wollte er sich das nicht eingestehen, aber inzwischen war er ehrlich zu sich. Er liebte Sam und wollte nicht nur eine gefakte Beziehung zu ihr, sondern eine echte. Was war, wenn sie wieder zu Hause waren und Sam einen Mann mit nach Hause brachte? Bei dem Gedanken alleine drehte er schon fast durch und er schüttelte ihn energisch ab. Darüber konnte er sich den Kopf zerbrechen, wenn es soweit war. Die nächsten zwei Wochen konnte er mit Sam das Bett teilen, auch wenn darin nichts passieren würde. Aber das war besser als nichts.

Sam verzog sich zum Zähneputzen ins Bad. Cody entledigte sich schon seines Hemdes und betrat, nur mit

Jeans bekleidet, ebenfalls das Badezimmer und griff nach der Zahnbürste.

Sams Mund wurde trotz Zahnpasta irgendwie trocken und ihre Körpertemperatur schien anzusteigen. Codys Anwesenheit, dazu mit nacktem Oberkörper, brachte ihr Blut in Wallung und sie zwang sich, ihn nicht allzu sehr anzustarren. Sie war komplett durch den Wind und es war ja nicht so, als ob sie ihn so noch nie gesehen hätte. Es war aber ein Unterschied, ob man jemanden nur mochte oder verliebt war. Und das war sie. Verknallt bis über beide Ohren in ihren besten Freund. Sie musste hier raus. Cody stand viel zu dicht neben ihr, nachher würde sie noch etwas Unüberlegtes tun. Schnell putzte sie zu Ende und spuckte die restliche Zahnpasta ins Becken. Sie spülte den Mund aus und flüchtete ins Schlafzimmer.

Cody war die Reaktion von Sam nicht entgangen und er überlegte, ob sein Anblick wirklich so unsehenswert war. Warum war Sam wie von der Tarantel gestochen aus dem Zimmer gerannt? Okay, er hatte sich ganz dicht neben sie gestellt, um ein bisschen Körperkontakt zu bekommen. Aber das konnte doch nicht so abstoßend sein, dass man gleich die Flucht ergreifen musste. Irgendwie war Sam komisch im Moment. Wahrscheinlich hing das aber nur mit der etwas seltsamen Situation zusammen, in der sie gerade steckten. Das war für sie beide nicht leicht. Er seufzte leise.

Sam war in einen Schlafanzug geschlüpft und ins Bett gekrochen. Jetzt hatte sie ein Buch unter der Nase und blickte auf, als Cody das Zimmer betrat. Dieser schälte sich aus der Jeans, was Sam möglichst unauffällig über den Rand ihres Buches hinweg beobachtete. Sah Cody schon immer so heiß aus? Sie schien in der Vergangenheit mit Blindheit geschlagen gewesen zu sein. Es war ihr nie aufgefallen und eigentlich fand sie O-Beine nicht besonders sexy, aber ihm gaben sie das gewisse Etwas. Cody drehte sich zu ihr herum und sie hielt schnell das Buch vors Gesicht. Nachher ertappte er sie noch beim Spannen, das fehlte gerade noch.

Cody streifte ein ausrangiertes T-Shirt über und legte sich auf die andere Seite des Doppelbettes.

»Der erste Tag war ganz gut, oder was meinst du Sammy?«

»Ja, wir haben uns wacker geschlagen. Sag mal, als ich dich … ähm geküsst habe …«

»Ja?«

»Du hast … mh, ein bisschen … ein wenig merkwürdig reagiert.« Sam hatte sich entschlossen, Cody darauf anzusprechen. Sie wollte einfach eine Erklärung für sein Verhalten.

»Wie meinst du das?« Cody war erstaunt, er war sich nicht bewusst darüber, merkwürdig reagiert zu haben.

»Na ja, du warst so … so versteinert, angespannt und ich … also, wenn du davon …« Sam schluckte, es fiel ihr schwer, weiterzusprechen. »Ich meine, wenn du dich davor ekelst, mich zu küssen, dann … dann können wir es auch lassen.« Sams Gesicht leuchtete wie eine Tomate. Die Frage war ihr furchtbar peinlich, aber sie brauchte Gewissheit.

Cody war sprachlos und bekam erst mal kein Wort heraus. Sam meinte, er wäre angeekelt? Kam das wirklich so rüber? Er war von seinen Gefühlen total überrumpelt gewesen. Verdammt, am liebsten würde er jetzt laut rausschreien, dass er sie liebte, aber das ging nicht. Auf jeden Fall musste er Sam klar machen, dass sie auf dem Holzweg war.

»Nein, überhaupt nicht, in keinster Weise. Es kam nur so überraschend und ich habe nicht damit gerechnet. Das war alles.«

»Wirklich? Du … du fandest es nicht widerlich?«, vergewisserte sich Sam. Ihr fiel eine riesengroße Last vom Herzen.

»Um Gottes willen! Was denkst du bloß von mir?« Cody machte sich Vorwürfe, weil Sam sich wegen ihm schlecht fühlte.

»Ich …«

»Nein, hör mir erst zu«, unterbrach Cody sie. Er wollte das erst richtigstellen. »Ich war einfach nur verwirrt, und wenn es so rübergekommen ist, tut es mir sehr leid. Das wollte ich nicht. Der Kuss war … angenehm, aber es war ungewohnt, von dir geküsst zu werden. Ich meine, wir sind Kumpels und die küssen sich normalerweise nicht. Ich wusste einfach nicht genau, wie ich reagieren sollte. Ich bin wohl kein so guter Schauspieler.«

»Angenehm?«, fragte Sam und überlegte, wie Cody das wohl interpretierte. Schwer lag ihr der Kumpel im Magen. Sie wollte, dass er sie als Frau sah und nicht als Kumpel.

»Gut trifft es vielleicht auch. Ich weiß nicht recht, wie ich es beschreiben soll.« Cody strich sich durch die Haare und dachte, dass es sich einfach nur großartig angefühlt hatte. Er würde Sam jetzt gerne davon überzeugen, indem er sie küsste, bis sie keine Luft mehr bekam.

»Puh«, kam es erleichtert von Sam, »ich dachte wirklich, du wärst angeekelt gewesen. Tut mir leid, dass ich solche Schlüsse gezogen habe. Ich sollte es besser wissen.«

»Schon gut, wir müssen beide mit der Situation erst mal zurechtkommen. Es ist halt ungewohnt.« Er zögerte kurz, sprach dann weiter: »Sag mal, wie hast du den Kuss denn empfunden?« Jetzt wollte er auch wissen, wie Sam dazu stand.

»Ich fand es auch gut. Er war okay.«

»Nur okay?« Codys Augenbraue schoss in die Höhe, aber ein schelmisches Lächeln umspielte seinen Mund.

»Es war ja noch nicht mal ein richtiger Kuss. Höchstens ein zartes Lippen berühren, da kann man ja nicht so viel zu sagen«, meinte Sam und hoffte, dass Cody vielleicht einen Probekuss vorschlagen würde.

»Stimmt, beim nächsten Kuss wird dir schwindelig werden, weil ich so gut küssen kann«, sagte Cody grinsend.

»Du Blödmann.« Sam warf ein Kissen nach ihm und beide mussten dann lachen. Sam war ein wenig traurig. So eine Kussprobe wäre ihr jetzt sehr willkommen gewesen, aber der nächste Kuss kam bestimmt. Die Hauptsache war, dass Cody es gut fand und sie seine Körpersprache in dem Fall einfach falsch gedeutet hatte.

»Lass uns schlafen, ich bin platt.« Cody warf das Kissen zurück.

»Ja, ich auch. Gute Nacht.« Sam löschte ihre Nachttischlampe und kuschelte sich unter die Decke.

»Gute Nacht Sammy, schlaf schön.«

»Du auch, und hab schöne Träume.«

»Ganz bestimmt«, nuschelte Cody und kurze Zeit später waren beide eingeschlafen.

Der nächste Morgen

»Weißt du, was die beiden für heute geplant haben?«, fragte Cody und musste sich gegen den lauten Fön durchsetzen, mit dem Sam gerade ihre Wuschelmähne trocknete.

»Keine Ahnung. Lassen wir uns einfach überraschen. Sie wollen uns die Gegend zeigen und ein Museumsbesuch steht auf dem Programm, während wir hier sind. Das hat Peer mir gestern erzählt.«

Cody verzog das Gesicht. »Museum? Muss ich da mit?«

»Es ist ein Automobilmuseum«, sagte Sam und schmunzelte, als sich Codys Miene augenblicklich aufhellte. Ihr Kumpel sah sich für sein Leben gerne Autos an.

»Das ändert natürlich alles. Ein Automuseum. Wann gehen wir hin? Heute?«

»Keine Ahnung, aber du kannst es ja gleich mal vorschlagen.« Sams Haare waren trocken und sie packte den Fön weg. »Fertig, wir können.«

»Gut. Mein Magen fühlt sich schon mehr als leer an. Mal sehen, was es zum Frühstück gibt.«

Auf der Treppe schlug ihnen der Geruch von frisch gekochtem Kaffee entgegen und sie folgten einfach dem verlockenden Duft, welcher sie schnurstracks in die Küche führte.

»Guten Morgen. Wie war eure Nacht?«, begrüßte Peer sie und warf ein paar Speckscheiben in eine heiße Pfanne.

»Guten Morgen. Wir haben sehr gut geschlafen. Kann ich dir helfen?«, fragte Sam.

»Bin jetzt fertig. Aber wenn du den Kaffee schon mit rausnimmst auf die Terrasse, das wäre nett.«

»Schau mal Sam, es gibt Eier mit Speck … und Pfannkuchen«, sagte Cody und wie aufs Stichwort knurrte sein Magen laut und vernehmlich. Alle drei fingen an zu lachen.

»Ich hoffe, du verhungerst nicht auf dem Weg nach draußen.« Peer lachte und in dem Moment betrat Timo die Küche.

»Guten Morgen«, sagte er und gab Peer einen Kuss. »Warum hast du mich nicht geweckt? Ich hätte dir doch geholfen.«

»Du sahst so süß aus im Schlaf, da wollte ich dich nicht wecken«, gab Peer zur Antwort und küsste Timo erneut.

»Du sahst auch süß aus heute Morgen, als du noch geschlafen hast«, sagte Sam mit einem schelmischen Grinsen an Cody gewandt.

»Ich bin nicht süß!«

»Doch, du hast ein bisschen geschnarcht und richtig niedlich ausgesehen«, beharrte Sam, was Cody zum Schnaufen brachte. Er war doch nicht süß!

»Ich bin …« Weiter kam Cody nicht, da ein Kuss seitens Sam ihm das Wort abschnitt. Diesmal war der Kuss nicht nur gehaucht, sondern ein Richtiger. Cody spürte, wie seine Beine zu Pudding wurden und ganz automatisch erwiderte er den Kuss. Beide genossen die Lippen des anderen. Cody würde Sam nur zu gerne mit Zunge küssen, aber das traute er sich dann doch nicht. Trotzdem fand er, es war der erotischste Kuss, den er je bekommen hatte. Wahrscheinlich lag das daran, dass er Sam über alles liebte.

Nach einer gefühlten Ewigkeit lösten sie den Kuss und waren danach etwas verlegen. Beide überlegten, wie sie sich jetzt verhalten sollten. Die Entscheidung wurde ihnen zum Glück von Timo abgenommen.

»Frühstück ist fertig. Kommt ihr mit raus, oder wollt ihr lieber noch ein bisschen knutschen?«, fragte er mit einem Schmunzeln.

»Frühstück klingt gut. Wir können danach ja weiterknutschen, nicht wahr Sammy?« Cody knuffte Sam in die Seite und sie wurde tatsächlich ein wenig rot.

Eine Stunde später saßen alle gesättigt bei einer Tasse Kaffee auf der Terrasse. Cody gefiel es hier immer besser. Die Auszeit tat ihnen gut und nebenbei kam er den Genuss von Sams Zärtlichkeiten. Der Kuss hatte ihn total aufgewühlt. Niemals hätte er es für möglich gehalten, dass man jemanden so lieben könnte. Leider schmerzte die Gewissheit, dass es nur gespielte Liebe war. Wie sollte es bloß weitergehen, wenn sie nach Hause fuhren? Er wusste es nicht.

»Erde an Cody«, rief Sam.

»Was? Ja?«

»Timo hat gerade vorgeschlagen, ins Automuseum zu fahren und anschließend in die Mall.«

»Museum ja, aber Shoppen? Das ist nicht euer Ernst, oder?« Cody zog ein Gesicht, als würde er gleich erschossen werden.

»Wir brauchen Badesachen, wenn wir auch mal in den Pool wollen«, sagte Sam.

»Wir können doch nackt schwimmen«, schlug Cody vor. Ihm war alles recht, wenn er nur nicht shoppen gehen musste.

»CODY!«

»Tut euch keinen Zwang an. Wir haben nichts dagegen«, sagte Peer und amüsierte sich köstlich. Er hätte wahrlich nichts dagegen, Cody nackt zu sehen. Schauen durfte man ja.

»Was denn Sam? So schamhaft?«, foppte Cody seine beste Freundin.

»Museum, Mall, Badesachen! In der Reihenfolge und keine Widerrede!«, beendete Sam die Diskussion. Sie wollte sich nicht in eine Flasche Tomatenketchup verwandeln, denn das würde sonst gleich passieren. Warum musste sie auch so schnell rot anlaufen?

»Ich mag es, wenn du so herrisch bist«, sagte Cody und grinste.

Sam rollte nur die Augen nach oben und ihre Gastgeber begannen herzhaft zu lachen.

Zusammen räumten sie den ramponierten Frühstückstisch auf und als Cody mit den leeren Thermoskannen in die Küche kam, fand er Sam an der Spüle vor. Sie säuberte die Pfanne von Hand, da sie nicht in die Spülmaschine sollte. Ein anzügliches Grinsen lief über sein Gesicht. Er stellte die Kannen weg und trat hinter Sam. Er schlang die Arme um ihre Mitte und drückte sie leicht an sich.

Sam zuckte zusammen, als sie plötzlich umarmt wurde. Sie entspannte sich aber sofort wieder und genoss die Berührung einfach. Codys Hände streichelten sanft über ihren Bauch und Sam merkte, wie ihre Hände leicht anfingen zu zittern. Verdammt, Cody schaffte es mit ein paar Streicheleinheiten, sie total aus dem Konzept zu bringen.

»Du riechst so gut«, nuschelte Cody in Sams Rücken, küsste sie sanft in den Nacken und löste die Umarmung.

Anschließend gab er Sam noch einen Klaps auf den Hintern und verschwand nach draußen.

Sam nahm die Pfanne aus dem Wasser und trocknete sie ab.

»Ihr seid wirklich süß miteinander«, meinte Peer, der die beiden beobachtet hatte.

»Lass das nicht Cody hören«, sagte Sam und schaffte sogar ein Grinsen.

»Ja, hab ich schon mitbekommen. Aber ich finde es schön, wenn Partner so liebevoll miteinander umgehen.«

»Bei euch ist es doch auch so.«

»Ja, das stimmt und ich bin froh, so einen tollen Freund gefunden zu haben, der mich bedingungslos liebt. Das ist ja wirklich nicht selbstverständlich.«

Sam nickte als Antwort. Peer hatte recht und sie wünschte sich, Cody würde sie so bedingungslos lieben.

Shopping

»Okay, dann lasst mal hören, wo die Mall ist«, sagte Cody seufzend und startete den Wagen. Sie kamen gerade aus dem Automobilmuseum. Der Besuch war ein voller Erfolg gewesen. Cody und Timo hatten außerdem festgestellt, dass sie auf einer Wellenlänge lagen, was Autos betraf. Deshalb hatte Sam Timo den Beifahrerplatz überlassen, damit er mit Cody auf der Fahrt fachsimpeln konnte. Timo war von dem Chevrolet hellauf begeistert und hatte sich gewünscht, dass sie mit dem Chevy fuhren. Das kam Cody sehr entgegen, denn er fuhr am liebsten selbst.

»Nicht weit von hier, einfach geradeaus, an der nächsten Kreuzung rechts abbiegen und dann ist sie schon in Sichtweite«, sagte Timo.

»Dann auf zur Schlachtbank.« Cody lenkte den Wagen auf die Straße und die anderen lachten über seine Bemerkung.

»Cody hasst Shoppen«, übersetzte Sam die Insiderinformation.

»Timo ist auch kein Fan davon, aber er erträgt es mit Fassung.«

»Es gibt dort einen Autohändler, der ist direkt neben der Mall. Was meinst du Cody, sollen wir da mal schauen, wenn ihr die Schwimmsachen gekauft habt?« Timo schaute ihn von der Seite an.

»Was für eine Frage. Natürlich!« Codys Laune besserte sich schlagartig. Ein Autohaus, das war doch ganz nach seinem Geschmack.

Etwas später betraten die vier die große Shopping Mall und steuerten das Kaufhaus Macys an. Es war Sommer und die Auswahl an Badebekleidung riesig.

»Sieh mal Cody, wie gefällt dir diese?« Sam hielt Cody eine schlichte schwarze Badehose hin, die, wie sie meinte, ihm perfekt stehen würde.

»Ich ziehe doch keinen Eierkneifer an. Ich nehme eine Shorts«, sagte dieser und schüttelte den Kopf. So etwas würde er garantiert nicht anziehen. In so einem Teil sah man alles sehr deutlich und das war ihm zu riskant. Er wollte sich schließlich nicht durch eine offensichtliche Reaktion verraten. Wenn er mit Sam im Pool war und einen Ständer bekommen würde, dann war er mit Shorts auf jeden Fall besser bedient.

Sam hängte den Eierkneifer zurück und Cody suchte sich eine Badeshorts aus. Sam wählte unterdessen vier Bikinis aus und verschwand damit in einer Umkleidekabine. Zwei saßen schlecht, der Dritte gefiel ihr angezogen nicht, nur der Vierte fand Gnade vor ihren Augen. Allerdings fand sie das Oberteil ein wenig zu klein, war sich aber nicht wirklich sicher. Eine zweite Meinung musste her. Sie öffnete den Vorhang einen Spaltbreit und streckte den Kopf hinaus.

»Peer, kannst du mal schauen?«, rief sie, als sie den Freund ihres Bruders entdeckte.

»Klar, was ist denn?«, fragte dieser beim Näherkommen.

Sie zog den Vorhang auf und zeigte auf ihre Brüste. »Ist das Oberteil zu klein? Ich finde, sie werden ein wenig gequetscht. Was meinst du?«

»Ähm … ja … ich … weiß nicht. So gut kenne ich mich damit nicht aus.« Unentschlossen schaute er auf Sams Oberweite. »Ich glaube … hey, da ist Cody, ich hole ihn schnell.«

Bevor Sam protestieren konnte, war Peer schon verschwunden und einige Sekunden später mit ihrem vermeintlichen Freund im Schlepptau zurück.

»So, hier ist dein Liebster. Er kann das bestimmt viel besser beurteilen.«

Cody schluckte und wusste gar nicht, wo er hinsehen sollte. Das war Folter pur. Samantha sah in dem Bikini unverschämt sexy aus.

»Und? Findest du, dass ihre Brüste zu groß für das Oberteil sind?«, fragte Peer, da Cody bis jetzt noch keinen Ton von sich gegeben hatte.

Innerlich straffte Cody die Schulter, bemüht, sich nichts anmerken zu lassen. Wenn er rumstotterte, wirkte das garantiert verdächtig. Mit ruhiger Stimme antwortete er: »Ja, ich finde, das Oberteil sitzt etwas knapp.«

»Soll ich dir eine Nummer größer holen?«, erkundigte Peer sich bei Sam.

»Ja, das wäre nett.«

Peer verschwand und Cody atmete erleichtert auf. »Gerade noch mal gut gegangen. Warum hast du ihn nicht gefragt?«, knurrte er Sam an.

»Habe ich ja, aber er kennt sich mit Brüsten nicht aus«, grummelte sie. »Konnte ja nicht ahnen, dass er dich holt. Sorry, ich hoffe, es hat bei dir keine bleibenden Schäden hinterlassen, weil du meinen Busen ansehen musstest!« Gereizt zog sie den Vorhang zu. Cody tat ja so, als ob es Folter wäre, sie im Bikini zu sehen. So hässlich war sie nun wirklich nicht.

»Sorry, tut mir leid. So habe ich das nicht gemeint.« Zerknirscht stand Cody vor der geschlossenen Kabine und kam sich schäbig vor. Er hatte Sam mit seiner Aussage nicht verletzen wollen.

»Ja, ist schon gut. Tut mir auch leid, dass ich gleich so hochgegangen bin.« Sam zog den Vorhang auf.

»Frieden?«, fragte Cody.

»Okay, Friede.«

Etwas später verließen sie das Kaufhaus und Cody rieb sich unternehmungslustig die Hände.

»Gehen wir jetzt ins Autohaus Timo?«

»Gerne, kommt ihr auch mit?«, wandte der sich an Sam und Peer. Sein Freund winkte direkt ab.

»Für heute habe ich genug Autos gesehen. Ich wollte mir eh noch eine neue Hose kaufen. Kommst du mit mir Sam?«

»Klar, wo treffen wir uns später?«

»Was haltet ihr davon, um zwei Uhr beim Italiener in der ersten Etage? Das Essen da ist ganz vorzüglich«, schlug Timo vor.

»Ich liebe Pizza.«

»Cody liebt alle ungesunden Nahrungsmittel«, sagte Sam, »aber ich bin auch einverstanden.«

»Dann bis später.« Timo gab Peer einen Kuss und Cody wollte nicht nachstehen. Eine gute Gelegenheit, Sam zu küssen. Er drückte ihr einen Kuss auf, den Sam schüchtern erwiderte.

»Bis später«, sagte Sam.

»Kauf nicht so viel.«

»Ich doch nicht.«

»Ja, ja, das kenne ich schon. Wie viele Schuhe hast du gleich?«, foppte Cody sie.

»Höchstens drei oder vier«, murmelte Sam.

Ein breites Grinsen war die Antwort und lachend zog Cody mit Timo ab und die zwei nahmen die Mall in Angriff.

Sam würde für Cody einige neue Shirts und Socken besorgen. Dessen Fußbekleidung bestand überwiegend aus löchrigen Socken, er weigerte sich aber sie auszumustern. Aber Sam störten die kaputten Socken, also bekam er Neue, ob es ihm passte oder nicht. So konnte sie sich ein wenig revanchieren, dass er für sie ihren Freund spielen musste. Cody hatte sich seinen Urlaub bestimmt anders vorgestellt.

Peer steuerte einen Herrenausstatter an und zusammen suchten sie einige Hosen für ihn aus. Er verschwand in der Kabine und nach einigen Anproben entschied er sich für eine schwarze und weiße Jeans.

Danach bummelten sie noch eine ganze Weile durch die Mall. Sam erstand Shirts und Socken und so langsam wollten sie sich auf den Weg zum Italiener machen. Es war zwar noch Zeit, aber sie hatte genug gesehen, dazu Plattfüße und vor dem Essen wollten sie noch einen Kaffee trinken.

»Lass uns die Rolltreppe nehmen. Von dort ist es nicht weit bis zum Restaurant«, schlug Peer vor und ging in die genannte Richtung, als eine laute, freudige Stimme sie zurückhielt.

»SAM? Sam Baker?«

Sam und Peer drehten sich erstaunt um und Sam erkannte in dem Mann, der auf sie zukam Rufus, ein guter

Bekannter von ihr. Sie hatte ihn das letzte Mal vor einem Jahr getroffen.

»Rufus?«, fragte sie überflüssigerweise.

Rufus war inzwischen ein wenig atemlos bei ihnen angekommen, griff nach Sams Hand und schüttelte sie.

»Mensch Sam, dich hier zu treffen, hätte ich wirklich nicht gedacht. Ich war mir zuerst nicht sicher, ob du es bist. Wie geht es dir? Was macht der Job? Teilst du dir immer noch mit diesem Weiberheld die Wohnung? Wie hieß er noch gleich? Cody war sein Name? Richtig?«, ratterte Rufus einen ganzen Fragenkatalog herunter.

»Mir geht es gut, im Job könnte es nicht besser laufen und ja, wir wohnen noch zusammen. Wie geht es dir und deiner Frau?« Sie hoffte, dass er das Thema Cody nicht noch mal ansprach. Leider erfüllte sich ihre Hoffnung nicht.

»Meiner Frau und mir geht es hervorragend. Du teilst dir mit diesem Weiberheld immer noch die Wohnung? Such dir doch einen anständigen Mitbewohner. Nicht einen, der jeden Tag eine andere Frau im Bett liegen hat.« Missbilligend schüttelte Rufus den Kopf.

Sam wünschte sich in diesem Moment ein Loch, in dem sie vor Scham versinken könnte. Ihre Pärchentarnung war wohl gerade aufgeflogen und was sich Peer dabei dachte, wollte sie sich nicht mal vorstellen.

»Ich werde es in Erwägung ziehen«, sagte Sam und beobachtete aus dem Augenwinkel Peer, der einen recht ungläubigen Ausdruck im Gesicht trug.

»Was treibst du in dieser Gegend?«

»Wir machen hier Urlaub bei meinem Bruder. Das ist Peer. Timo ist mit Cody im Autohaus«, stellte Sam ihren Begleiter vor.

»Freut mich.« Rufus schüttelte Peer die Hand.

»Ja mich auch«, antwortete dieser.

»Urlaub muss mal sein, ich sollte mir auch mal eine Auszeit gönnen. Ich bin schon seit Monaten ununterbrochen am Arbeiten. Aber wieso urlaubst du mit Cody? Du bist doch nicht auf ihn reingefallen? Und was sagt eigentlich Timo dazu, dass du mit ihm zusammenlebst?« Nachdenklich sah Rufus Sam an.

»Das ist schon okay. Er ist einverstanden.« Sam schwitzte, hoffentlich verschwand Rufus bald. Verdammt, warum musste sie ihn ausgerechnet heute treffen.

»Schade, dass ich Timo nicht treffen konnte, habe ihn schon lange nicht mehr gesehen.«

»Wir treffen uns gleich mit ihnen zum Essen in der Pizzeria. Kommen Sie doch mit«, schlug Peer vor, denn er würde zu gerne noch mehr hören. Irgendwas schien an Sams und Codys Beziehung faul zu sein.

»Das Angebot würde ich gerne annehmen, aber ich muss leider weiter. Ich bin hier mit jemandem verabredet. Wenn ich nicht pünktlich bin, verschwindet er nachher noch.«

»Dann bestell deiner Frau schöne Grüße von mir«, sagte Sam und atmete innerlich erleichtert auf. Das hätte ihr gerade noch gefehlt, aber gleich würde Peer einige Antworten von ihr erwarten. Großartig rausreden würde sie sich nicht können.

»Werde ich machen und bestell Timo einen schönen Gruß von mir.«

»Mach ich. Bis dann mal wieder.«

»Hat mich gefreut, dich wiederzusehen Sam.« Rufus verabschiedete sich von ihnen und verschwand in der Menschenmenge.

Sam fühlte sich extrem unbehaglich. Sie fühlte Peers Blick deutlich auf sich ruhen. Sie straffte die Schultern, atmete tief durch und wandte sich zu Peer um.

Die Wahrheit und ein Plan

Peer wusste nicht recht, was er von dem eben Gehörten halten sollte. Seine Gedanken überschlugen sich. Waren Sam und Cody kein Paar? Spielten sie ihnen was vor? Und warum? Er hoffte, dass Sam einige gute Erklärungen für ihn parat hatte. Erwartungsvoll schaute er sein Gegenüber an.

»Du hast uns erwischt. Cody ist nicht mein Freund, sondern mein Mitbewohner«, redete Sam gar nicht erst um den heißen Brei herum. Noch mehr Lügen wollte sie Peer nicht auftischen. Jetzt war es an der Zeit, Klartext zu reden.

»Wieso? Warum dieses Spiel? Ich verstehe es nicht und ich kann es kaum glauben. Eure Liebe schien mir so echt.«

»Lass es mich erklären. Es hängt mit Timo zusammen.«

»Okay, damit bin ich einverstanden. Lass uns in die Pizzeria gehen. Hier unter all den Leuten muss das ja nicht sein.«

Sam nickte und sie legten den kurzen Weg zum Restaurant schweigend zurück. Peer hatte so die Gelegenheit, das alles schon mal zu verdauen, auch wenn er es immer noch nicht recht glauben konnte. Diese Liebe sollte nicht echt sein?

Im Lokal angekommen, bestellten sie Kaffee, und nachdem der Kellner die Getränke gebracht hatte, erzählte Sam, warum sie sich bei ihnen als Paar ausgegeben hatten.

***

»Jetzt weißt du alles«, sagte Samantha, nachdem sie geendet hatte. Schüchtern sah sie Peer an. Der hatte sie nicht einmal unterbrochen und aus seiner Mimik ließ sich nichts ablesen.

»Ich kann deine Beweggründe gut nachvollziehen.«

Sam starrte ihn an. Damit hatte sie nicht gerechnet. »Und wieso?«

»Na ja, ich bin mit Timo zusammen und ich weiß, wie besorgt er um dich ist.« Peer kratzte sich verlegen am Kopf.

»Oh.«

»Hätte ich Geschwister, die mir ständig in den Ohren liegen würden, dass ich einen Partner brauche, wäre meine Reaktion wohl ähnlich.«

»Puh, da bin ich erleichtert. Ich dachte, du reißt mir den Kopf ab.«

»Doch nicht deswegen. Aber ihr spielt eure Rollen wirklich gut.«

»Na ja, eigentlich ist es nicht gespielt, jedenfalls von meiner Seite aus«, sagte Sam leise.

»Was meinst du?«, fragte Peer bestürzt. Sam sah auf einmal so traurig aus.

»Ich liebe ihn wirklich …«

»Ist er denn so ein Weiberheld, wie dein Bekannter gesagt hat?«

»Ja, leider und mit seinem besten Freund fängt man sowieso nichts an. Wir verstehen uns so super und es könnte so schön sein, wenn diese verflixten Gefühle nicht wären. Die haben sich irgendwann eingeschlichen, und dass wir im Moment ein Paar mimen, macht es nicht besser. Er liebt mich schließlich nicht.«

»Das sehe ich aber anders«, widersprach Peer.

»Was? Wie meinst du das?«

»Ich meine, wie Cody dich immer anschaut. Diese Blicke, das ist pure Liebe, die daraus spricht. Wie er dich an der Spüle umarmt hat. Sam, das war nicht gespielt, das ist echt, da bin ich mir ganz sicher.«

Sams Augen weiteten sich. »Meinst du wirklich?«

»Ich bin mir da sehr sicher. Du müsstest mal sehen, wie er dich ansieht.«

»Das bekomme ich nie mit, leider.«

»Hm, er schaut nur so, wenn du nicht hinsiehst«, überlegte Peer laut, »vielleicht will er nicht, dass du es siehst, weil er genauso denkt wie du.«

»Dass man von der besten Freundin die Finger lässt?«

»Genau und so schleicht ihr umeinander herum.«

»Klingt irgendwie logisch.« Sam wirkte sehr nachdenklich. Ob das wirklich sein konnte, dass Cody für sie dieselben Gefühle hegte?

»Hast du schon mal darüber nachgedacht, ihn darauf anzusprechen?«

»Du meinst, dass ich ihn liebe?«

»Ja.«

»Nein, noch nie«, sagte Sam leise.

»Sag es ihm doch einfach.«

»Das geht nicht.«

»Wieso nicht?«

»Stell dir vor, er empfindet nichts für mich, was dann?«

»Hast du Angst, dass er dich alleine lassen würde?«, wollte Peer wissen und spürte, dass es Sam gut tat, darüber zu reden.

»Nein, das ist es nicht. Aber unser gutes Verhältnis könnte einen Knacks bekommen. Weißt du, wie ich das meine? Es wäre nicht mehr so entspannt. Wenn Cody wüsste, dass ich ihn liebe, würde er sicher auf Distanz gehen.« Sam seufzte, es war so kompliziert.

»Ja, ich verstehe dich sehr gut.«

»Irgendwie war ich über Timos Rückkehr und Einladung richtig froh.«

»Das glaube ich dir. So hast du die Gelegenheit, Cody deine Zuneigung zu schenken, ohne dich ihm offenbaren zu müssen.«

»Genau und es tut so gut, nur leider ist es vorbei, sobald die Zimmertür hinter uns ins Schloss fällt«, sagte Sam seufzend.

»Da sind wir wieder an dem einen Punkt.«

»Was meinst du?«

»Dass ich nicht glaube, dass es von Codys Seite nur gespielt ist. Er schaut dich mit so viel Liebe in den Augen an.«

»Ich würde es so gerne glauben«, Sam rührte in ihrem Kaffee.

»Soll ich verstärkt auf Cody achten, also ich meine, wie er sich verhält, wenn er sich unbeobachtet von dir fühlt? Würde dir das helfen?«, bot Peer an, da er merkte, dass Sam einfach noch nicht soweit war, um Cody darauf anzusprechen.

»Würdest du das für mich tun? Das wäre wirklich lieb von dir.«

»Mache ich gerne. Sag mal, soll ich Timo einweihen? Ich meine … wenn du das nicht möchtest …«

»Ich weiß nicht. Ich habe Angst, dass er mir eine Standpauke hält, weil ich ihn angelogen habe.« Unruhig drehte sie eine Haarsträhne um ihren Finger.

»Er wird das verstehen. Da brauchst du dir auch keine Sorgen machen. Ich werde deine Beweggründe darlegen und klarstellen, dass du praktisch keine andere Wahl hattest«, sagte Peer beruhigend. Er wusste, dass er Timo überzeugen konnte. Der wusste selbst, wie bevormundend er manchmal sein konnte, in Bezug auf seine Schwester.

»Ich hoffe, dass es dir gelingt und er kein Hackfleisch aus mir macht.« Ganz überzeugt war Sam noch nicht, aber gestehen musste sie es früher oder später. So richtig logisch durchdacht war ihr Plan wohl nicht.

»Ganz bestimmt nicht und wenn er die Chance wittert, dich wirklich mit ihm zu verkuppeln, wird er sich ins Zeug legen.« Er lächelte Sam aufmunternd an.

»Okay, erzähl es ihm und sag mir Bescheid, wenn ich mein Testament machen muss.« Sie zog eine Schnute und musste dann lachen. Würde schon schiefgehen.

»Mache ich und wir finden es heraus, da bin ich ganz sicher.«

»Wenn man vom Teufel spricht«, sagte Sam, »da kommen die beiden.«

»Hey, ihr seid ja schon da, das hätten wir jetzt nicht erwartet«, sagte Timo und nahm neben Peer Platz.

»Wir hatten schon Plattfüße«, meinte Peer und beobachtete unauffällig Cody, als dieser sich neben Sam setzte.

»Die haben tolle Wagen da unten, Sammy. Da könnte mir schon der ein oder andere von gefallen«, erzählte Cody gut gelaunt und strahlte Sam an.

Peer sah es und war überzeugt davon, dass Cody Sam wirklich liebte. Sobald er sie anschaute, ging bei ihm buchstäblich die Sonne auf. Er war sich da ganz sicher und Sam würde hoffentlich bald eine Antwort auf ihre dringendste Frage bekommen.

In die Tat umgesetzt

Seit dem Mallbesuch waren einige Tage vergangen und sie waren den sechsten Tag zu Gast bei Peer und Timo. Peer hatte Timo von Sams Beweggründen bezüglich der erfundenen Beziehung erzählt. Dieser war zwar nicht begeistert gewesen, hatte aber eingesehen, dass er nicht unschuldig daran war. Nach einem abschließenden Gespräch zwischen den Geschwistern hatte Timo zugesagt, sich an der Aktion Cody zu beteiligen.

»Lass den Kopf nicht hängen«, versuchte Peer Sam aufzumuntern und reichte ihr eine Tasse Kaffee, die Sam dankbar entgegen nahm.

»Ich versuche es, aber jetzt ist die erste Woche fast rum und ich bin noch keinen Schritt weiter.« Sam war genauso schlau wie bei ihrer Ankunft. Außer ein paar Umarmungen und ein paar kleinen Küssen war rein gar nichts passiert, was Sam als sehr frustrierend empfand. Zwar hatten Peer und auch Timo Cody beobachtet, aber sie konnten Sam immer nur wieder das sagen, was Peer ihr schon in der Mall gesagt hatte. Sie waren davon überzeugt, dass Cody Gefühle für sie hegte. Sam wusste nicht genau, was sie sich davon versprochen hatte. Jedenfalls stand sie nach wie vor am Anfang. Ihr fehlte einfach der Mut auf Cody zuzugehen und ihm zu sagen, wie es um sie stand. Zu groß war die Angst vor einer Zurückweisung. Sie seufzte in ihre Kaffeetasse.

»Schauen wir mal gleich, wenn wir in die Bar gehen, vielleicht ist Cody dort lockerer.«

»Das wäre zu schön, um wahr zu sein.« Sam freute sich schon auf den Barbesuch, zu welchem sie gleich aufbrechen wollten. So kamen sie mal raus und unter Menschen. Ob er sich in einer lockeren Umgebung mehr öffnete? Sie mussten ja das liebende Paar geben, eigentlich die perfekte Umgebung. Vielleicht konnten sie dort tanzen. Aber was, wenn Cody sich auch dort zurückhielt? Dann liebt er dich wirklich nicht, beantwortete sie sich die Frage gedanklich selbst.

»Ich schaue mal, wo Timo bleibt. Der steht bestimmt noch mit dem Fön vorm Spiegel«, sagte Peer.

»Cody ist auch noch nicht da. Ich komme mit.«

Sie stiegen die Treppe in den ersten Stock hinauf, und während Peer den Gang durchging, betrat Sam das gemeinsame Zimmer, um zu schauen, wie weit Cody war. Als sie hinunter gegangen war, hatte im Bad noch die Dusche gerauscht.

»Cody?«, rief sie beim Betreten des Zimmers. »Bist du …« Sie schluckte und das letzte Wort blieb ihr buchstäblich im Hals stecken, bei dem Anblick, der sich ihr bot. Cody stand splitterfasernackt im Zimmer. Er hielt eine Boxershorts in der Hand, die er sich wohl gerade anziehen wollte, als sie den Raum betrat.

Cody lachte, als er Sams Gesicht sah: »Was denn, hat es dir die Sprache verschlagen bei meinem Anblick? Ich könnte es verstehen, ich sehe schließlich großartig aus«

»Was? Nein … nein, nur … damit hatte ich nicht gerechnet«, sagte Sam schnell, konnte den Blick aber nicht abwenden.

»Brauchst du einen Lappen?«, fragte Cody und zog sich die Unterhose an. Sam starrte in regelrecht an.

»Wofür?«

»Für den Sabber, der dir gleich aus dem Mund läuft«, sagte Cody grinsend.

Das saß. Sam spürte, wie ihr die Röte ins Gesicht schoss und verschämt sah sie in eine andere Richtung.

»Jetzt brauchst du auch nicht mehr wegschauen, hab ja schon eine Hose an. Die Juwelen sind wieder verpackt.«

»Ich … geh … ich warte dann unten.« Sam drehte sich auf dem Absatz herum und flüchtete aus dem Zimmer.

»Was war denn das?«, fragte Cody sich selbst verwundert, nachdem Sam Reißaus genommen hatte. Sam war ja völlig von der Rolle, als sie ihn nackt vorgefunden hatte und das war schließlich nicht das erste Mal. Wenn man zusammenlebte, passierte das gelegentlich. Umso verwunderter war er über ihre heftige Reaktion. Aber vielleicht war sie wirklich nur überrascht, weil sie nicht damit gerechnet hatte. Natürlich wäre es Cody lieber, wenn sie aus einem anderen Grund so durcheinander gewesen wäre. Doch das war reines Wunschdenken. In den Tagen, die sie schon hier waren, hatte sich nicht viel verändert. Wahrscheinlich war Sam froh, wenn es endlich vorbei war und sie nach Hause fuhren.

Er selbst wollte die restlichen Tage genießen und seine Erwartungen an heute Abend waren hoch. Von dem Vorschlag, in eine Szenebar zu gehen, war er sehr angetan gewesen. Dort konnte er Sammy endlich mal etwas näher kommen, hoffte er zumindest. Im Haus hatte sich einfach keine richtige Gelegenheit geboten in den letzten Tagen. In den Pool konnten sie nicht, weil es die letzten Tage nur geregnet hatte. Erst heute waren die Wolken abgezogen und die Sonne schien wieder. Er hoffte, dass es sich bis morgen genug erwärmte, denn er wollte unbedingt noch mit Sam in den Pool.

***

Eine halbe Stunde später waren alle fertig und kletterten in Timos schwarzen Toyota. Er hatte sich angeboten zu fahren. Bis in die Innenstadt waren es doch einige Kilometer und sie wollten nicht unbedingt mit dem Taxi zurückfahren.

»Geht ihr öfters dort hin?«, fragte Cody, als er neben Sam auf der Rückbank Platz nahm.

»Wir gehen nicht allzu oft aus, aber wenn, dann meistens in diese Bar.«

»Es ist immer viel los, ein sehr beliebter Treffpunkt.«

»Ist es eine reine Schwulen – und Lesbenbar?«, erkundigte sich Sam.

»Nein, es sind auch immer viele Heteros dort unterwegs. Aber keiner wird schräg angeschaut, darum gehen wir gerne hin.«

Sam nickte. »Ja, kann ich verstehen.«

Timo parkte den Wagen eine dreiviertel Stunde später vor der Bar und kurz darauf befanden sie sich mitten im Getümmel.

»Es ist ganz schön voll hier«, meinte Cody und ließ seinen Blick durch den Raum schweifen.

»Das verläuft sich, lasst uns weiter durchgehen. Rund um die Theke gibt es Stehtische, dort hat man einen guten Blick.« Timo ging vor und sie hatten Glück. Vor der Theke waren noch einige wenige Stehtische frei. Die Barhocker, die rund um den Tisch standen, schoben sie an die Seite.

Eine Kellnerin kam an ihren Tisch und sie orderten drei Bier und einen alkoholfreien Cocktail, da Timo ja später noch zurückfahren musste.

»Cocktail? Mit Schirmchen?«, fragte Cody, der es sich nicht nehmen ließ, Timo ein wenig aufzuziehen. Er fand Sams Bruder sehr sympathisch und sie hatten viele gemeinsame Interessen.

»Pass bloß auf, sonst siehst du nachher nur die Rücklichter meines Wagens«, konterte dieser schlagfertig.

»Wolltest du nicht mal den Chevy fahren in den nächsten Tagen?« Cody grinste breit.

»Eins zu null für Cody«, stellte Peer schmunzelnd fest.

»Okay, du hast gewonnen, ich halt mich zurück«, und etwas leiser fügte er hinzu, »bis ich den Nova gefahren habe.«

»Hey, das hab ich gehört.« Cody lachte und die anderen fielen ein. In dem Moment kamen ihre Getränke und sie stießen erst mal an.

»Auf den heutigen Abend«, sagte Peer und hob sein Glas.

»Gleichfalls«, stimmt Timo ein.

»Auf unseren Urlaub.« Cody prostete den anderen zu.

»Auf uns«, sagte Sam und fand, das Cody sie dabei merkwürdig ansah. Vielleicht war es auch nur eine Täuschung. Das Licht war recht schwummrig und ja, sie hatte sich ganz bestimmt geirrt.

Timo und Peer hatten nicht zu viel versprochen. Der Laden war wirklich interessant und er brummte. Cody beobachtete ein paar Tische weiter zwei Männer, die sich immer wieder küssten. Keiner nahm von den beiden Notiz. Ein weibliches Paar hatte er auch schon gesehen und überhaupt, wurde in der Bar ziemlich viel geknutscht. Sein Blick kehrte zum Tisch zurück und er bemerkte, dass Timo und Peer auch beschäftigt waren. Sie knutschten ganz selbstverständlich und schienen alles um sich herum vergessen zu haben. Er wollte Sam auch einmal so intensiv küssen und jetzt war seine Chance gekommen. Auf so eine Gelegenheit wartete er schon die ganze Zeit. Er atmete einmal tief durch und nahm dann seinen ganzen Mut zusammen.

Verletzte Gefühle

Cody spürte, wie seine Handflächen leicht feucht wurden vor Aufregung. Er rückte etwas näher zu Sam. Sie schaute gerade in eine andere Richtung und bekam gar nicht mit, wie nervös Cody war. Er legte ihr eine Hand auf den Oberarm.

»Ja?«, fragte Sam und drehte sich zu ihm herum.

Cody sagte gar nichts. Erstens wollte er jetzt nicht reden und zweitens hätte er keinen einzigen Ton herausbekommen. Sein Mund fühlte sich staubtrocken an. Er zog Sam zu sich, legte ihr einen Arm um die Mitte und die andere in ihren Nacken. Er beugte sich zu ihr herunter und ihre Lippen trafen sich zu einem zärtlichen Kuss. Cody spürte, wie Sam sich entspannte und den Kuss erwiderte. Langsam und schüchtern. Gleichzeitig schlang sie vorsichtig die Arme um ihn. Eng umschlungen standen sie in der Bar und küssten sich. Mutig strich Cody mit seiner Zunge über Sams Lippen und es trat das ein, wovon er schon so lange träumte. Sam öffnete ihren Mund und ihre Zungenspitzen trafen sich, spielten zurückhaltend miteinander. Cody meinte ein leichtes Stöhnen von Sam zu hören, wusste aber nicht, ob es nicht seinem Hirn entsprungen war. Trotzdem wurde er mutiger und schob seine Zunge in Sams Mund. Er küsste sie jetzt intensiv und der Kuss wurde genauso erwidert. Codys Gefühle fuhren Achterbahn. Ihm wurde heiß und kalt und er zog Sam noch enger an sich. Seine Hand rutschte von Sams Mitte nach unten und landete auf ihrem Hintern.

Sam fühlte nur eins, als Cody sie küsste. Pure Liebe. Sie wollte diesen Moment genießen, für immer festhalten. Wusste sie doch nicht, ob sich jemals wieder diese Gelegenheit bieten würde.

Cody wurde immer stürmischer. Sein Kuss vertiefte sich und kurz bevor er sein Becken an Sams drücken konnte, schaltete sich verspätet sein Großhirn ein.

`Hör auf, schrie es in seinem Kopf. Was soll Sam von dir denken. Hör auf!´

Ruckartig löste er den Kuss und zog seinen Kopf zur Seite. Er atmete tief durch und flüsterte in Sams Ohr: »Tut mir leid, ich wollte das nicht … ich dachte … wir müssen den beiden ja zeigen … das wir zusammen sind. Sorry … für den Zungenkuss, war … nicht meine Absicht.« Cody konnte nur stockend sprechen. Er kämpfte mit seinen Gefühlen. Es gelang ihm aber, sie erfolgreich zu unterdrücken und er schaffte es sogar, Sam danach schief anzugrinsen.

Sam war total überrascht von Codys Rückzug, und als sie seine Worte hörte, fühlte sie sich so, als ob ihr jemand ein Messer in den Rücken rammte.

»Schon gut … verstehe … ich«, stammelte Sam total verwirrt und enttäuscht.

»Ist wohl die Atmosphäre«, meinte Cody und griff hastig nach seinem Bierglas, das er in einem Zug leerte. Anschließend wischte er sich mit dem Handrücken über den Mund. »Ah, das tat gut.«

Sam fühlte sich in dem Moment wie betäubt, als sie sah, wie hektisch Cody sein Bier trank. Wollte er den Geschmack von ihr runterspülen? War er angeekelt von ihr? Anscheinend, anders war diese Reaktion nicht zu erklären und der Mistkerl grinste dabei sogar noch. Ihm hatte dieser Kuss wirklich nichts, gar nichts bedeutet. Wie konnte sie nur so blind sein? Cody spielte einfach nur seine Rolle und zwar so perfekt, dass er sogar sie getäuscht hatte. Sams Beine wurden weich und am liebsten würde sie sich auf den Boden hocken und einfach losheulen. Cody orderte bestens gelaunt bei der Kellnerin ein neues Bier und Sam glaubte es nicht, er schäkerte sogar mit ihr.

Das war zu viel. Mit einem genuschelten: »Ich gehe mal zur Toilette«, stürzte sie Richtung Waschräume. Codys Gesicht zeigte nur Verwunderung. Da er mit der Bedienung geflirtet hatte, war ihm Sams trauriger Gesichtsausdruck entgangen. Aber ein anderer hatte es gesehen.

Peer hatte die Knutscherei der beiden lächelnd und unauffällig beobachtet und wurde mal wieder bestärkt darin, dass Cody Sam mehr als abgöttisch liebte. Deshalb war ihm diese Hau-Ruck Aktion von Cody jetzt ein Rätsel. Er vermutete aber, dass Cody einfach nur Angst vor seinen eigenen Gefühlen hatte, beziehungsweise davor, dass Sam sie mitbekam.

»Ich gehe auch mal auf die Toilette.« Er nickte in Timos Richtung. Dieser verstand sofort, auch ihm war nicht entgangen, was zwischen den beiden ablief.

Peer eilte hinunter in den Keller, wo die Toiletten untergebracht waren und beinahe wäre er an Sam vorbeigelaufen. Sie war in einem kleinen Gang, wo sich einige Abstellräume befanden. Dort lehnte sie an der Wand und starrte Löcher in die Luft.

»Sam«, sagte Peer leise, er sah sofort, dass sie geweint hatte. Ihre Augen waren rot und eine feuchte Spur glänzte auf dem Gesicht.

»Mir geht es … gut.«

»Du bist eine schlechte Lügnerin, jedenfalls in diesem Moment und das weißt du. Dir geht es alles andere als gut.«

»Hast du gesehen, was war?«

»Ja, habe ich.«

»Er liebt mich nicht«, sagte Sam tonlos.

»Doch, da bin ich mir ganz sicher.« Peer nahm Sams Hände und drückte sie.

»Er hat … hat das Bier … nach dem Kuss … er war angeekelt davon«, kam es stockend und Sam spürte, wie sich die Tränen wieder einen Weg nach draußen suchten.

»Das glaube ich nicht. Dieser Kuss zwischen euch, die Funken konnte man greifen. Wirklich.«

»Waren wohl nur meine Funken. Dieser Kuss, es war so perfekt. Noch nie in meinen Leben habe ich so gefühlt, wie bei Codys Kuss und dann …« Sams Stimme brach. Sie konnte nicht mehr und schluchzte auf. Sie war so dermaßen verletzt, dass sie am liebsten sofort zurückfahren würde und ihm nicht mehr unter die Augen treten müsste.

Peer nahm Sam in den Arm und hielt sie einfach, ließ sie weinen. Nach ein paar Minuten hatte sie sich beruhigt und die Tränen waren versiegt.

»Er liebt dich Sam. Da bin ich mir sicher, er hat nur Angst vor seinen Gefühlen.«

»Ich gehe jetzt da hoch und betrinke mich. Nüchtern ertrage ich das nicht. Ich will einfach nichts mehr fühlen müssen.« Sams Gesicht wirkte trotzig.

»Hältst du das für eine gute Idee?«

»Hast du eine Bessere? Sag jetzt nicht, ich soll ihm meine Gefühle gestehen!«

Peer seufzte. Sam war verletzt und er konnte schon verstehen, dass sie dieses Gefühl jetzt verdrängen wollte. Deshalb schüttelte er den Kopf.

»Okay, lass uns hochgehen«, sagte Sam entschlossen. Nachdem sie sich im Waschraum noch kurz frisch gemacht und alle Tränenspuren entfernt hatte, begaben sich die beiden wieder nach oben.

»Meine Güte, wart ihr lange weg. Habt ihr euch noch die Lippen nachgezogen?«, wurden sie von Cody mit einem Grinsen begrüßt.

»Halt doch einfach die Klappe«, fuhr Sam ihn an.

»Seit wann bist du so empfindlich? Verträgst du keinen Spaß mehr?« Cody zog die Augenbraue in die Höhe. Warum war Sam auf einmal so aggressiv? Vielleicht wegen des Kusses? Das wäre eine Erklärung. Schließlich hatte er sie damit total überrumpelt und ihr die Zunge in den Hals gesteckt, aber anderseits hatte sie auch mitgemacht. Er beschloss nichts mehr dazu zu sagen und würde den Abend einfach genießen.

»Ich hab Kopfschmerzen«, wich Sam aus.

»Kopfschmerzen? Hast du deine Tage?« Ehe Cody drüber nachdenken konnte, war der Satz schon raus. Er bereute ihn augenblicklich, aber es war zu spät.

»Du blöder Idiot! Halt doch einfach mal deinen großen Mund, du gehst mir auf den Keks.«

»Sammy …«

»Komm mir nicht mit Sammy. Lass mich einfach in Ruhe, okay?« Sam war total wütend. Erst brach Cody ihr das

Herz und dann kam er ihr mit dummen Sprüchen. Das war wirklich das Letzte, was sie jetzt brauchen konnte. Sie war verletzt und es tat unwahrscheinlich weh, weil der Mensch, den sie über alles liebte, sie zurückgewiesen hatte.

Leg dich nicht mit Cody an

Es ging inzwischen auf Mitternacht zu und Sam hatte dem Alkohol gut zugesprochen. Peer war ein bisschen in Sorge. Sie war schon sehr angeheitert, stand aber noch recht sicher auf den Füßen. Codys Konsum war auch nicht gerade klein, aber er schien den Alkohol besser zu vertragen.

Cody hatte Sam nicht weiter aufgezogen und es war wieder Friede am Tisch eingekehrt. Allerdings zeigte Sam ihm seitdem mehr oder weniger die kalte Schulter und ließ ihn links liegen, was Cody mit Sorge festgestellt hatte. Was war bloß mit ihr los? Ob sie so von der Rolle war, wegen des Kusses? Er konnte sich keine andere Erklärung vorstellen. Verdammt, warum musste er auch so vorpreschen. Es war seine Schuld, dass Sam jetzt so durcheinander war. Aber an sie ran kam er nicht. Sam blockte alle Versuche, mit ihr zu reden ab und im jetzigen Zustand konnte von einem vernünftigen Gespräch keine Rede mehr sein. Morgen wollte er aber auf jeden Fall den heutigen Kuss ansprechen und in Ruhe mit ihr darüber reden.

»Cody, du solltest deinen Blick mal nach links schweifen lassen«, hörte er auf einmal Timos Stimme. Erstaunt drehte er sich um und was er sah, konnte er zuerst kaum glauben. Sam stand einen Tisch weiter bei einem Kerl und prostete ihm zu. Die beiden lachten und schienen sich bestens zu amüsieren.

»Was … wie … wann ist Sam dort hingegangen?«

»Eben erst, aber der Typ hat sie schon die ganze Zeit angeschmachtet, hast du das nicht gesehen?«, wollte Peer ungläubig wissen.

»Ich war mit meinen Gedanken woanders«, gab Cody zu und schämte sich deswegen. Er war so versunken in seinen Überlegungen, dass er noch nicht mal mitbekam, wenn seine beste Freundin plötzlich abhaute, um mit einem Kerl zu flirten. Cody erwachte aus seiner Starre. Was ging durch sein Hirn? Sam flirtete mit einem fremden Kerl und er stand hier und machte NICHTS? Sein Gehirn war vom Alkohol etwas vernebelt und er dachte langsamer als sonst. Er fixierte den Nebentisch und beobachtete genau, was die beiden dort machten. Im Moment tranken sie nur und redeten und das passte ihm schon nicht. Sam hatte anscheinend Spaß mit dem Typ und ihm zeigte sie die kalte Schulter. Seine Augen verengten sich.

»Erst denken Cody, dann handeln«, sagte Peer, der fand, dass Codys Blick was Raubtierhaftes hatte. Seine Augen waren starr auf Sam gerichtet, bereit, sich sofort auf den Typ zu stürzen, würde der nur eine falsche Bewegung machen.

»Ich mach doch gar nichts.«

»Noch nicht, aber dein Blick spricht Bände.«

»Kein Wunder, schau dir Sam an. Sie flirtet!«

»Sie trinkt mit jemandem etwas, als flirten würde ich das nicht bezeichnen.«

Cody grummelte etwas Unverständliches und Peer lächelte in sich hinein. Er fühlte sich bestätigt. Cody war total verschossen in Sam und hatte seinen Konkurrenten ins Visier genommen. Dieser brauchte nur eine falsche Bewegung machen und er wäre wahrscheinlich Mus.

Peer ahnte nicht, wie recht er mit seiner Annahme hatte und die falsche Bewegung kam schneller als erwartet.

Sam stand mit dem Mann, der sich als Noel vorgestellt hatte am Tisch und unterhielt sich angeregt mit ihm. Auf seine Flirtversuche war sie nur eingegangen, weil sie Cody eins auswischen wollte. Allerdings war der Nutzen nicht klar, da Cody ja nicht auf sie stand. Deshalb war es ihrem Kumpel wohl relativ egal, was sie machte und mit wem.

»Du bist wirklich sehr attraktiv«, stellte Noel fest und lächelte Sam strahlend an.

»Danke.« Irgendwie freute sich Sam über das Kompliment, auch wenn sie es viel lieber aus Codys Mund gehört hätte. Sie seufzte.

»Traurig? Ich helfe dir gerne, dich besser zu fühlen«, sagte Noel und klapste Sam auf den Hintern.

»Hey, lass dass!« Sam schlug nach der Hand, die war aber längst wieder weg. Sams Bewegungen waren durch den Alkohol etwas verlangsamt.

»Du hast einen knackigen Arsch«, stellte Noel fest, ohne auf Sams Protest einzugehen und hob die Hand, um Sam erneut auf den Hintern zu hauen. Allerdings kam er nicht mehr dazu. Als er seinen Arm hob, wurde er am Kragen gepackt und unsanft gegen den Tisch gedrückt. Er spürte die harte Kante im Rücken.

»Halt deine schmierigen Finger bei dir und wag es nicht, meine Freundin noch einmal anzufassen. Hast du mich verstanden?«, fragte Cody mit gefährlich leiser Stimme. Seine Augen blitzten vor Wut und waren nur noch schmale Schlitze. Als er sah, dass dieser Typ Sam auf den Hintern haute, gab es für ihn kein Halten mehr. Er hatte sich auf Noel gestürzt, bevor dieser Sam noch einmal antatschen konnte.

»Aua, ja … ja schon gut. Ich wusste nicht, dass sie vergeben ist. Sorry, du musst nicht gleich so abgehen. Das kann man ja auch anders sagen. Würdest du mich bitte loslassen, damit ich gehen kann?«, fragte Noel und gab sich mutiger, als er sich fühlte. Dieser Typ sah aus, als würde er ihn am liebsten roh fressen, geheuer war er ihm nicht. Warum suchte er sich immer Frauen aus, die vergeben waren und dann noch so ein eifersüchtiges Exemplar von Freund dabei hatten.

»Lass dich nicht mehr in ihrer Nähe blicken«, zischte Cody und ließ ihn los. Noel suchte sofort das Weite und zog es vor, ans andere Ende der Bar zu flüchten. Diesem Typ wollte er heute nicht noch einmal begegnen.

Cody war zufrieden, den waren sie los. Er drehte sich zu Sam herum, was hatte die sich dabei bloß gedacht? Was sollte diese Nummer?

»Komm Sam, wir gehen wieder zu Timo und Peer.« Cody legte Sam die Hand um die Taille und führte sie zurück zum Tisch.

»Warum hast du das gemacht?«

»Was?«

»Na, dass, warum … warum lässt du mich nicht flirten?«, fragte Sam und lallte ein bisschen dabei.

»Er hat dich angefasst und ich fand, du brauchtest Hilfe.«

»Ich hätte mich … alleine verteidigen können.«

Cody seufzte. »Möchtest du gerne wieder zu dem Typen gehen und dich weiter betatschen lassen? Dann stehe ich dir nicht im Weg.«

»Nein … ich … ich liebe … nur dich«, sagte Sam und überlegte, ob sie das jetzt gedacht oder wirklich gesagt hatte. Ein Blick in Codys Gesicht bestätigte ihr, dass sie wohl laut gedacht hatte.

»WAS?« Cody war stehen geblieben und starrte Sam fassungslos an.

»Nix«, nuschelte Sam und würde sich am liebsten die Zunge abbeißen. Verdammt, warum hatte sie auch so viel getrunken? Das hatte sie nun davon.

Cody fragte nicht mehr nach, da er sicher war, aus Sam nichts mehr rauszubekommen. Am Tisch angekommen, zog er einen der Hocker heran, platzierte sie darauf und hoffte, dass sie nicht runterfiel.

»Passt ihr mal kurz auf sie auf, ich besorge ihr etwas ohne Alkohol zu trinken.«

»Klar, geh ruhig«, sagte Peer und stellte sich vorsichtshalber neben Sams Hocker, falls sie doch herunterrutschen sollte.

»Ich bin so … so doof«, lallte Sam.

»Wieso?«

»Ich habe Cody … gesagt … das, dass ich … ihn liebe.«

»Find ich gut«, mischte sich Timo ein, »dann weiß er, wo er dran ist und ihr kommt endlich zusammen.«

»Vielleicht hat er es auch nicht ernst genommen, weil du einen Schwips hast. Zerbrich dir darüber heute nicht mehr den Kopf«, sagte Peer und Sam nickte zu seinen Worten.

Cody war kurz darauf zurück und hatte eine Flasche Wasser und eine Tasse Kaffee für Sam dabei.

»Hier Sammy, erst den Kaffee und dann das Wasser.« Sam widersprach nicht, sondern tat, was Cody ihr sagte. Während Sam langsam die Tasse leerte, löste Cody Peer ab und nahm den Platz neben Sam ein. Er legte die Hand um ihre Taille, damit Sam nicht plötzlich nach hinten kippte und unbewusst streichelte er ihr ab und an über den Rücken.

Cody war nach Sams Geständnis völlig durcheinander. Wusste er doch nicht, was er davon halten sollte. Entsprach es der Wahrheit oder sprach nur der Alkohol aus Sam? Konnte es wirklich sein, dass Sam ihn liebte?

Das Geständnis

Es war fast halb zwei am Morgen, als sie die Bar verließen und den Heimweg antraten. Cody setzte sich mit Sam auf die Rückbank und nach zehn Minuten sank ihr Kopf auf seine Schulter. Sie war eingeschlafen. Cody lächelte, legte einen Arm um Sam, zog sie näher zu sich und genoss die Nähe. Er war froh, dass Timo und Peer keinen Drang nach einer Unterhaltung spürten, so konnte er seinen Gedanken nachhängen. Diese drehten sich nur um Sam und um das, was sie ihm eben gestanden hatte.

War es denn ein Geständnis? Nein, wahrscheinlich nicht. Im nüchternen Zustand wäre es nie über Sams Lippen gekommen, da war er sich sicher. Aber vielleicht war doch etwas daran? Entsprach es der Wahrheit, liebte Sam ihn wirklich? Verdammt, er wollte es wissen und am liebsten würde er Sam gleich im Zimmer darauf ansprechen, aber sie war nicht nüchtern. Deshalb musste er bis morgen damit warten. Aber die Gefahr war groß, dass Sam einfach behauptete, sie könne sich nicht daran erinnern. Was sollte er nur tun?

Cody ließ die letzten Tage im Geiste noch mal an sich vorbeiziehen. Da fiel ihm besonders die Szene ein, als er nackt im Zimmer gestanden hatte. Sam hatte den Raum betreten und ihn angestarrt und war fast nicht in der Lage gewesen den Blick abzuwenden. Anschließend war sie verdächtig schnell wieder verschwunden. Dies war ein erster Anhaltspunkt, leider auch der Einzige. Er seufzte leise. Warum war das bloß alles so kompliziert?

Um kurz nach zwei kamen sie am Haus an. Timo schaltete den Motor aus und Cody schüttelte Sam leicht an der Schulter.

»Sam, wach auf, wir sind da.«

»Will … schlafen«, murrte sie mit geschlossenen Augen und kuschelte sich noch enger an Cody.

»Du kannst gleich weiterschlafen, im Bett. Komm, mach die Augen auf.« Cody befreite sich, wenn auch nur ungern von Sam und setzte sie gerade hin und das wirkte. Aus halbgeschlossenen Lidern schaute sie ihn an und murmelte etwas Unverständliches, stieg dann aber aus dem Wagen aus.

Die vier gingen ins Haus und Cody diregierte die verschlafene Sam.

»Gute Nacht«, sagten Peer und Timo und trennten sich an der Zimmertür von ihnen.

»Schlaft gut«, antwortete Cody und schob Sam ins Zimmer, wo er sie zum Bett führte.

Sam fiel wie ein nasser Sack darauf und schloss erneut die Augen.

»Hey, nicht wieder einschlafen, erst ausziehen«, sagte Cody und zog Sam schon mal die Schuhe von den Füßen.

»Was?«

»Ausziehen.«

»Ja … später«, kam es undeutlich von Sam. Sie wollte nur noch schlafen.

»Nein, jetzt.«

»Mach … du.«

»Was? Wer bin ich? Deine Nanny?«

Sam gab keine Antwort mehr, stattdessen hörte Cody ein leises Schnarchen.

»Großartig.« Cody war leicht genervt. Er war auch müde und wollte schlafen, aber erst musste Sam aus den Klamotten raus. Er rüttelte sie wieder wach. »Los, mithelfen«, forderte er sie auf, öffnete den Gürtel und die Hose, »Hintern hoch.«

Sam hob ihr Becken und Cody zog ihr die Hose aus. Die Socken folgten, nur noch die Bluse, dann konnte er endlich schlafen. Den BH würde er nicht anrühren, die Peinlichkeit wollte er ihr ersparen. Cody half Sam sich hinzusetzen. Sie war inzwischen etwas wacher, machte aber keine Anstalten sich die Bluse selbst aufzuknöpfen. Also öffnete Cody die Knöpfe und streifte ihr das Oberteil über die Schultern. Was er sah, ließ ihn nicht kalt. Sam war so wahnsinnig attraktiv, er genoss den Anblick und bemerkte nicht, wie er sich dabei über die Lippen leckte.

Sam war von der Ausziehaktion inzwischen wach. Cody zog ihr die Bluse über die Schultern und dann nichts mehr. Ein Blick in Codys Augen jagte ihr einen heißen Schauer über den Rücken. Wie Cody sie anschaute, als ob er gerade einen besonders leckeren Nachtisch betrachtete und was machte er da? Cody leckte sich die Lippen und Sam könnte schwören, Begehren in dessen Blick zu erkennen. War sie wirklich so betrunken, dass ihr das Gehirn solche Trugbilder vorgaukelte? Wahrscheinlich war es so. Alles andere kam ihr unrealistisch vor. Sie schüttelte den Kopf und räusperte sich.

Cody wurde durch Sams Räuspern in die Gegenwart zurückgeholt. Schnell schnappte er sich ihre Bluse, hob die anderen Klamotten vom Boden auf und legte sie auf einen Stuhl.

»Schlaf, es ist spät.«

»Cody?« Sam wollte es nicht, aber die Worte sprudelten nur so aus ihr heraus.

»Ja?«, fragte Cody und kam wieder zum Bett und setzte sich auf die Kante.

»Du … du hast eben … so … komisch geschaut.«

»Wie meinst du das? Komisch?«

»Als ob du … mich am liebsten vernaschen würdest.« Sam fühlte sich schlagartig nüchtern und sie spürte, wie sie rot wurde.

»Vernaschen?«

»Ja, so gierig, so schaust du … sonst nur, wenn du eine Frau … flachlegen willst und du hast dir so … über die Lippen geleckt.«

»Hab ich nicht.«

»Doch hast du.«

»Das war Einbildung, schlaf jetzt«, wiegelte Cody ab und könnte sich selbst ohrfeigen. Warum hatte er es nicht einfach zugegeben, dass er total in sie verknallt war? Die Antwort war simpel. Weil er Angst davor hatte, zurückgewiesen zu werden.

»Ich habe es mir nicht eingebildet, ich bin doch nicht blind.« Sam setzte sich im Bett auf und schaute Cody ernst in die Augen. In diesem Augenblick war ihr alles egal, sie wollte endlich Gewissheit haben.

»Kauf dir eine Brille«, sagte Cody und es klang ruppiger als von ihm beabsichtigt. Er stand auf, denn er konnte Sam nicht länger in die Augen sehen.

Sam hielt ihm am Arm fest und hinderte Cody am Weglaufen. So leicht würde sie ihn nicht entkommen lassen. Wenn sie jetzt nicht den Mund aufmachte, fehlte ihr morgen vielleicht der Mut dazu.

»Setz dich bitte wieder.«

Cody schaute auf Sam hinab und in ihrer Stimme lag etwas Flehendes. Wie konnte er diesem Blick widerstehen, also ließ er sich wieder aufs Bett sinken.

»Cody, ich weiß, was ich gerade gesehen habe und ich kenne diesen Blick an dir. Nur … hast du mich noch nie so angesehen. Ich will … Gewissheit haben und ich … ich …«, stammelte Sam umbeholfen. Das fiel ihr doch viel schwerer als sie sich das vorgestellt hatte.

Cody ging bei Sams Gestammel ein ganzer Kronleuchter auf und ihm wurde schlagartig bewusst, dass ihr Geständnis in der Bar absolut ernst gemeint war. Der Alkohol hatte nur ihre Zunge etwas gelockert. Sam liebte ihn, genauso wie er sie. Er konnte nicht glauben, was gerade hier passierte.

»Sammy …«, stammelte er leise, schluckte einmal und sagte dann einfach nur: »Ja.«

»Ja? Ja was?«, fragte Sam. Sie wusste gerade nicht, woran sie war, aber dieser Blick schon wieder. Sie fühlte, wie ihr heiß und kalt wurde.

»Ja, ich weiß es.«

»Was weißt du?«

»Dass du mich liebst.«

»Was? Woher? Wie … kannst …« Sam war total konfus. Das war nicht die Antwort, die sie sich erhofft hatte. Bei dem Ja von Cody hatte sie eigentlich etwas anderes vermutet.

»Eben in der Bar, hast du es mir gesagt. Erinnerst du dich?«

Sam überlegte angestrengt und sie erinnerte sich dunkel, das wirklich gesagt zu haben, auch ihre Gedanken danach. Oh Gott, Cody wusste es und jetzt verachtete er sie bestimmt dafür. Ihre Atmung beschleunigte.

»Ja, ich erinnere mich daran und es ist die Wahrheit.« Sam sprang vom Bett auf und rannte unruhig im Zimmer hin und her. »Verdammt, ich liebe dich! Jetzt ist es raus, und wenn du willst, kannst du ausziehen. Ich könnte verstehen, falls du nicht mehr die Wohnung mit mir teilen willst. Aber es ändert nichts an meinen Gefühlen für dich. Ich hoffe, wir können Freunde bleiben, auch wenn du für mich inzwischen viel mehr bist, als nur ein Freund und … hmpf.«

Sam konnte nichts mehr sagen. Nach ihrem Geständnis war Cody aufgesprungen und hatte die total überraschte Sam in seine Arme gezogen und ihre Lippen mit einem innigen Kuss verschlossen.

Endlich

Der Kuss schien ewig zu dauern und Sam war sich sicher, sie würde gleich aufwachen und feststellen, dass alles nur geträumt war. Aber nichts dergleichen geschah. Es war die Realität und sie übertraf ihre Fantasien um Längen. Cody konnte verdammt gut küssen. Eine Kostprobe davon hatte sie schon in der Bar bekommen, aber das hier übertraf einfach alles.

Codys Küsse waren so zärtlich und zurückhaltend, so kannte sie ihn gar nicht. Auf jeden Fall wusste sie jetzt, warum die Frauen so auf ihn standen.

Sam seufzte in den Kuss, sie war einfach unbeschreiblich glücklich in diesem Moment. Langsam löste Cody den Kuss, schaute Sam in die Augen und lächelte sie verliebt an. »Willst du mir immer noch einen Auszug vorschlagen?«

Sam schüttelte heftig den Kopf.

»Sammy, ich liebe dich auch, und wenn ich gewusst hätte, dass es dir genauso geht, hätten wir uns diesen ganzen Zirkus mit den Missverständnissen ersparen können.«

»Ich habe gedacht … du empfindest nichts für mich. In der Bar … der Zungenkuss, du hast ihn so plötzlich gelöst und dann … hast du … dein Bier so runtergestürzt. Ich war der Meinung … du … du hast dich vor mir … geekelt.« Sam fiel es sehr schwer, dies auszusprechen. Aber es war für sie wichtig, es ihm mitzuteilen.

»Du hast … gedacht … ich …? Oh mein Gott, Sammy, genau das Gegenteil war der Fall. Der Kuss hat mir so gut gefallen, dass ich vor meinen eigenen Gefühlen Angst bekommen und ihn beendet habe. Meine Angst war einfach, dass es dir nicht gefiel.«

»Wir waren wohl beide ganz schön blind.«

»Und wie«, stimmte Cody zu, küsste sie erneut und schob sie langsam Richtung Bett. Warum sollten sie stehen, wenn sie es sich auch gemütlich machen konnten. Cody wollte aber nichts überstürzen. Sie waren beide etwas angeheitert und sein erstes Mal mit Sam wollte er nicht mit Alkohol im Blut erleben. Da wollte er nüchtern sein und es mit allen Sinnen genießen können.

Sie sanken zusammen auf das breite Bett und küssten sich zärtlich. Cody strich Sam durch die langen Haare.

»Was hältst du davon, wenn wir jetzt schlafen, ich bin hundemüde?«

»Bin ich auch. Ich kann kaum noch die Augen offen halten und zu viel getrunken habe ich auch«, sagte Sam und strich mit dem Daumen über Codys Unterlippe.

»Ja, du hast ein bisschen über den Durst getrunken, aber es ging noch.« Cody schmunzelte. Er stand kurz auf und zog sich bis auf die Boxershorts aus. Anschließend kroch er auf seiner Seite zurück auf das Bett, überlegte kurz und öffnete dann die Arme. »Sammy, willst … du, ich meine …«

»Du willst kuscheln?« Ein Lächeln zeigte sich auf ihrem Gesicht. Cody konnte gar nicht so schnell schauen, wie Sam schon bei ihm war. Sie kuschelte sich an seine Brust, die ein wunderbarer Kissenersatz war. Mit einem glücklichen Grinsen im Gesicht warf Cody die Bettdecke über sie und kurz darauf waren beide eingeschlafen.

***

Am nächsten Morgen erwachte Sam von den Sonnenstrahlen, die sie an der Nase kitzelten. Sie hatten in der Nacht vergessen, die Rollos herunterzulassen. Der Radiowecker zeigte kurz vor neun Uhr morgens. Eine gute Zeit zum Aufstehen fand Sam und ein Lächeln breitete sich auf ihrem Gesicht aus, als sie an die vergangene Nacht dachte. Sie war so wahnsinnig glücklich. Ihr größter Wunsch war endlich in Erfüllung gegangen, womit sie nie im Leben gerechnet hätte. Sie konnte es immer noch nicht glauben, aber es war wirklich Realität. Der Arm, der um sie geschlungen war, versicherte ihr, dass sie nicht träumte.

Cody schlief noch, wie sie an dessen gleichmäßigen Atemzügen hören konnte.

Vorsichtig drehte sie sich in seinen Armen um und beobachtete ihn beim Schlafen. Sie konnte nicht anderes, als glücklich zu grinsen. Sie waren ein Paar. Hätte ihr das jemand vor dem Urlaub gesagt, hätte sie denjenigen garantiert ausgelacht. Das war etwas, was außerhalb ihrer Vorstellungskraft gelegen hatte.

Cody hatte immer sehr großen Wert auf seine Unabhängigkeit gelegt, genau wie sie. Darum hatte ihre Wohngemeinschaft so gut funktioniert.

Als ob Cody spürte, dass er beobachtet wurde, öffnete er die Augen und schaute in Sams lachendes Gesicht.

»Guten Morgen Schlafmütze«, begrüßte sie ihn und hauchte ihm einen Kuss auf die Lippen.

»Wie lange bist du schon wach?«

»Ewig.«

»Na klar, das glaube ich dir aufs Wort«, murmelte Cody und streckte sich.

»Sag ja, Schlafmütze.«

»Na warte.« Blitzschnell rollte er sich auf Sam und begrub sie unter sich. »Wie war das mit der Schlafmütze?«, fragte er, wartete die Antwort aber nicht ab, sonder küsste Sam verlangend. Der Kuss wurde intensiv erwidert und er konnte sein Glück einfach nicht fassen.

»Jetzt brauchen wir Timo und Peer noch nicht einmal mehr was vorspielen«, sagte Cody, als sie den Kuss lösten.

»Na ja …«

»Was heißt das?«

»Sie wissen es.«

»Was?«

»Dass wir Theater gespielt haben.«

Cody schaute ehrlich verblüfft. »Das musst du mir genauer erklären.«

Sam nickte und erzählte, wie sie im Einkaufscenter Rufus getroffen hatte und sie in Erklärungsnot geraten war.

Nachdem sie geendet hatte, sah sie Cody schüchtern an. Aus seiner Miene war nichts abzulesen. Sie hoffte, dass kein Donnerwetter folgte. Aber ihre Befürchtungen verflüchtigen sich, als Cody laut zu lachen begann.

»Ist ja wie Detektiv spielen.«

»Du bist nicht böse?«

»Überhaupt nicht, ich hätte es bestimmt nicht anders gemacht. Mann, das hätten wir uns alles ersparen können, wenn wir miteinander geredet hätten.«

»Stimm, aber die Hauptsache ist doch, wir haben zusammengefunden. Besser spät als nie.«

Cody nickte. »Was machen wir eigentlich mit meinem Zimmer?«

»Wie meinst du das?« Fragend sah Sam ihn an.

»Na mein Zimmer oder bestehst du auf getrennte Schlafzimmer?«, fragte er mit einem Grinsen und schmiegte sich enger an Sam.

»Ach so, bin ich doof«, antwortete sie lachend. »Keine Ahnung, schauen wir mal, wir finden schon eine Verwendung.«

»Wir könnten uns einen Billardtisch anschaffen.«

»Das können wir auch sein lassen. Du spinnst wohl und …« Sam stockte. Sie fühlte südwärts etwas an ihrem Oberschenkel. Mit einem Grinsen sprach sie weiter: »Mh, ich glaube, du hast da ein Problem.«

»Kann sein. Willst du mir behilflich sein, es zu lösen?«

Statt einer Antwort schob Sam eine Hand zwischen sie und Cody verschloss ihren Mund mit einem innigen Kuss.

Im Pool

»Meinst du, Timo und Peer haben uns gehört?«, fragte Sam und alleine der Gedanke daran, färbte ihre Nasenspitze rot ein.

»Kann sein, aber es macht ihnen bestimmt nichts aus«, sagte Cody mit einem Grinsen und zog sich gut gelaunt sein T-Shirt über den Kopf.

Sie seufzte. Es wäre ihr schon peinlich, wenn die beiden etwas mitbekommen hätten. Aber das ließ sich nun nicht mehr ändern. Miteinander geschlafen hatten sie noch nicht, aber sich gegenseitig bis zum Höhepunkt gestreichelt und sie waren dabei nicht gerade leise gewesen. Sie war jetzt schon süchtig nach Cody.

»Okay, dann lass uns hinuntergehen. Bestimmt sind sie schon auf und warten auf uns.«

»Hoffentlich ist das Frühstück fertig.«

»Wir sind hier doch nicht im Hotel. Wenn ja, räumen wir den Tisch ab«, bestimmte Sam und Cody zog eine Grimasse.

»Schau nicht wie sieben Tage Regenwetter.« Sam knuffte ihm gut gelaunt in die Seite.

»Regen hatten wir genug. Das Wetter sieht herrlich aus. Gehen wir gleich in den Pool?«, wollte Cody wissen und öffnete die Tür.

»Klar, warum nicht. Ich will doch noch deinen knackigen Hintern in der Schwimmhose sehen.« Vergnügt zwinkerte sie Cody zu, was ihm ein breites Grinsen entlockte. »Ich glaube, ich rieche schon den Kaffee. Lass uns runtergehen.« Sie brauchte dringend Koffein.

Lächelnd folgte Cody ihr die Treppe hinunter in die Küche. Sams Nase hatte sie nicht getrogen. Die Terrassentür stand weit auf und ihre Gastgeber saßen beim Frühstück.

»Guten Morgen setzt euch.« Timo griff nach der Kanne, um ihnen Kaffee einzuschenken.

»Morgen, danke, den brauche ich jetzt.« Cody ließ sich in einen der Stühle fallen.

»Wie war eure Nacht?«, erkundigte sich Peer.

»Gut«, antwortete Cody und grinste übers ganze Gesicht. Er griff in den Brötchenkorb und amüsierte sich über Sam, die vor lauter Verlegenheit gar nicht wusste, wo sie hinblicken sollte.

»AH«, kam es im Chor.

Sam räusperte sich: »Ich … wir haben … uns ausgesprochen.«

»Gesprochen, ah ja«, gluckste Peer und konnte sich das Lachen kaum verkneifen.

»Ja wirklich«, sagte Sam.

»Es muss dir nicht peinlich sein. Es ist schön, dass jetzt alles geklärt ist.«

»Wir sind ja auch nicht taub.« Timo zwinkerte den beiden zu.

»Okay, dann seid ihr jetzt im Bilde. Sam und ich lieben uns und sind zusammen«, sagte Cody. »Mann, hört sich das kitschig an. Habe ich das wirklich gesagt?«

Alle lachten nach diesem Kommentar und es herrschte eine ausgelassene Stimmung am Tisch. Cody legte während des Frühstücks zwischendurch seine Hand auf Sams Oberschenkel und streichelte sie zärtlich. Immer wieder schauten sie sich verliebt an. Als Timo und Peer beide kurz im Haus waren, küssten sie sich, fuhren aber erschrocken auseinander als Peer wieder auf die Terrasse trat.

»Lasst euch nicht stören, macht ruhig weiter.« Er musste schmunzeln, konnte aber gut verstehen, dass die beiden in der Beziehung noch etwas unsicher waren. Aber das würde sich bestimmt bald legen, was Cody auch sofort mit seiner nächsten Handlung bestätigte.

Er küsste Sam erneut und blendete die anderen komplett aus.

Lächelnd schlug Timo seine Zeitung auf und freute sich für die beiden.

»Wir gehen dann mal«, sagte Peer am frühen Abend zu Sam und Cody, die im Wohnzimmer saßen. Das brachte ihm einen verwunderten Blick ein.

»Wo wollt ihr denn hin?«, fragte Sam erstaunt.

»Wir gehen essen und anschließend ins Kino. Wir haben uns gedacht, dann seid ihr ein bisschen unter euch und … na ja, ihr versteht schon«, sagte Peer wissend.

»Wir haben auch extra einen Film mit Überlänge ausgesucht. Vor Mitternacht werden wir wohl nicht zurück sein. Ihr habt also sturmfreie Bude«, fügte Timo hinzu.

»Hey, das ist nett von euch.« Cody sah sich im Geiste schon nackt mit Sam im Pool, als Peer ihn aus seinen Gedanken riss.

»Wir sind dann weg, macht euch einen schönen Abend.« Mit einem breiten Grinsen schlug Peer Cody auf die Schulter und zusammen mit Timo verließ er das Haus.

»Bin mal eben oben«, sagte Cody und lief die Treppe hinaus in ihr Zimmer. Er suchte ihre Badesachen heraus und hechtete im Eiltempo zurück.

»Hier, Sammy.« Cody reichte ihr den Badeanzug.

»Wollen wir schwimmen?«

»Klar und alleine sind wir auch.« Cody zog Sam vom Sofa hoch und küsste sie kurz. Sie zogen sich um und dabei verschlangen sie sich gegenseitig mit Blicken. Anschließend sprangen sie mit Kopfsprung ins kühle Nass und alberten eine ganze Weile im Wasser herum.

Nach einer Weile schwamm Sam zum Rand und forderte eine Auszeit.

»Schon keine Puste mehr, du Jungspund?«, neckte Cody sie.

»Ich will nur nicht, dass du dich alt fühlst«, konterte Sam und spritzte ihm Wasser ins Gesicht.

Cody schwamm ebenfalls zum Rand und legte die Arme um Sams Taille. Sie schlang ihre Beine um Cody und eine Zeit lang sahen sie sich nur an. Sie schauten sich in die Augen und jeder sah die begehrlichen Blicke des anderen. Schließlich küssten sie sich, erst zärtlich, aber schnell wurden die Küsse leidenschaftlicher und wilder.

Cody spürte, wie Sams Hände unter seinen Hosenbund wanderten und ihm langsam die Shorts über den Hintern schoben. Schnell löste er sich von ihr, damit Sam ihm die Hose besser herunterziehen konnte. Anschließend strampelte Cody die Shorts von den Füßen. Sams Hände umklammerten Codys nackten Hintern und massierten ihn eine Zeit lang. Cody war erregt, wie Sam unschwer feststellen konnte, da dieser sein Becken fest gegen sie drückte. Sie presste sich noch enger an ihn und war bereit für das, was folgen würde.

Ein Urlaub geht zu Ende

»Wollen wir aufs Zimmer gehen?«, keuchte Cody und sah Sam begehrlich an.

Als Sam nickte, lösten sie sich voneinander und kletterten aus dem Pool. Sie trockneten sich kurz ab, damit sie nicht das ganze Haus volltropften. Cody nahm Sam bei der Hand und küssend stolperten sie die Treppe hinauf in ihr Zimmer.

Cody schloss die Tür und half Sam aus ihrem Badeanzug. Anschließend streichelte er zärtlich über ihre Brust. Sam gab wohlige Stöhnlaute von sich und drängte sich Codys Hand entgegen. Jeder suchte dabei den Blick des anderen und so standen sie sich gegenüber, nur einige Zentimeter voneinander entfernt. Sie schauten sich einfach nur an und ließen ihre Augen über den Körper des jeweils anderen gleiten. Dabei genossen sie ihre Blicke.

Cody nahm Sams Hand und zog sie mit aufs Bett. Er lehnte sich gegen die Kopflehne, zog Sam zu sich, sodass sie mit dem Rücken an seiner Brust lehnte. Seine Arme umfingen sie und er platzierte Küsse in ihren Nacken. Seine Hände spielten mit ihren Nippeln, reizten sie, was Sam ein wohliges Stöhnen entlockte.

»Ah … Cody … das ... fühlt sich … so ... gut an.« Sam drehte den Kopf, ihre Lippen fanden sich und ein leidenschaftlicher Kuss entbrannte.

»Ich will dich! Jetzt«, flüsterte Sam, als sie den Kuss lösten. Sie drehte sich in seinen Armen um und schlang die Beine um ihn.

»Dein Wunsch ist mir Befehl«, sagte Cody und küsste sie erneut. Dabei drehte er sie auf den Rücken und kam zwischen ihren Beinen zum Liegen.

***

Eine Woche später

»Haben wir alles«, fragte Cody und verstaute die letzte Tasche im Kofferraum des Wagens.

»Ja, wir sind komplett. Im Zimmer ist nichts mehr.«

»Okay, dann können wir gleich los.« Cody gab Sam einen kurzen Kuss und strahlte mit der Sonne um die Wette.

Die letzte Woche war die schönste ihres Lebens. Sie hatten die restlichen Tage ausgiebig genutzt. Am Tage hatten sie gefaulenzt und nachts das Bett zum Wackeln gebracht. Bei dem Gedanken an die kommende Zeit lächelte er versonnen.

»An was denkst du?«, fragte Sam in seine Gedanken.

»Dass ich dich über alles liebe.«

»Ich liebe dich auch so sehr.« Sam strahlte ihn an und gab ihm einen zärtlichen Kuss. »Komm, wir müssen uns noch verabschieden.«

Sie gingen zur Haustür, auf dessen Schwelle Peer und Timo standen, um ihnen auf Wiedersehen zu sagen. Der Urlaub war vorbei und sie mussten beide morgen wieder arbeiten.

»Ich hoffe, ihr besucht uns wieder«, sagte Peer und umarmte zuerst Sam und dann Cody.

»Ihr seid jederzeit willkommen«, fügte Timo hinzu, während er sie ebenfalls umarmte.

»Ihr aber auch und ich hoffe, ihr besucht uns bald«, sagte Sam. »Wir haben ja jetzt ein Gästezimmer.«

»Kein Billardtisch?« Cody schlug gespielt bedauernd die Augen nieder.

Sam knuffte ihn in die Seite und alle mussten lachen.

Timo umarmte seine Schwester zum Abschied. »Wir kommen gerne. Ich freue mich schon, euch wiederzusehen.«

»Machs gut, Bruderherz.« Anschließend drückte sie Peer und die Männer verabschiedeten sich per Handschlag voneinander.

»Dann lass uns mal los.«

»Ab nach Hause.«

»Zum künftigen Billardzimmer«, sagte Cody mit einem schelmischen Grinsen.

»Weißt du, ich wollte schon immer einen begehbaren Kleiderschrank haben.«

Cody stöhnte auf. »Worauf habe ich mich da nur eingelassen?«

»Ich liebe dich auch.« Sam zwinkerte ihm zu und schnallte sich an. Diesen kleinen verbalen Neckereien zwischen ihnen hatten sich nicht verändert.

»Wollen wir das nicht wie Erwachsene regeln?«

»Gute Idee.« Sam hob die Hand. »Eins, zwei, drei.«

Sie spielten Schnick, Schnack, Schnuck und Sam gewann.

»Mist!« Cody ließ die Hand sinken. »Warum musste ich auch Schere nehmen.«

»Kleiderschrank für mich«, sagte Sam lachend.

»Vielleicht passt der Billardtisch mit hinein«, erwiderte Cody grinsend und ließ den Motor an. Er lenkte den Wagen auf die Straße, in eine gemeinsame Zukunft mit Sam.

Ende

Weitere Bücher von Nicolette Verstege

Kopfüber ins Blind Date

Kopflos in die Liebe

Auftrag ins Glück

Umweg Richtung Liebe

Weihnachtschaos inklusive

Weihnachtsmann inkognito

Impressum

Nicolette Verstege

Bückerfeldstraße 26

47803 Krefeld

28071826R00063

Printed in Poland
by Amazon Fulfillment
Poland Sp. z o.o., Wrocław